OCULTA
TRAS SU MIRADA

LARA LEIMS

http://laraleims.blogspot.com.es

laraleims@gmail.com

ISBN: 978-84-697-9385-5

Depósito Legal: H-26-2018

A la memoria de mi padre y de mi amiga Yolanda

I. RETENIDA

España, 26 de febrero de 2016

El termómetro situado justo enfrente de la entrada principal del parque marcaba 7 °C. Como todos los días, antes de empezar a caer la tarde, salía a correr unos kilómetros. Aunque me esforzaba por mantenerme entretenida, no lograba hacer desaparecer la sensación de desazón que brotó en mi pecho nada más abrir los ojos por la mañana, y que interpretaba como una señal de que algún acontecimiento no deseado fuera a suceder. En ocasiones tenía extraños sueños que me causaban cierta inquietud y que recordaba con todo detalle, pero esta vez en mi mente no había rastro de que hubiera tenido alguna pesadilla.

Vestida con un nuevo atuendo deportivo entré en el parque. En un instante contemplé a las personas que solía *ver* todas las tardes; madres paseando a sus niños, chicos patinando, parejas de enamorados sentados en el mismo banco. Si no llega a

7

ser por la zozobra que sentía, hoy podría ser ayer o anteayer. Con la intención de mejorar mi estado anímico y recobrar el optimismo que me caracterizaba, activé el dispositivo Bluetooth del teléfono móvil para escuchar música a través de los auriculares de mi flamante gorro de lana. Al empezar a sonar la canción «Faith», de George Michael, comencé a correr. Pasados unos minutos observé a un hombre que recientemente practicaba *running* por el parque; me había fijado en él, además de por considerarlo atractivo, porque clavaba sus enormes ojos sobre un punto del horizonte como si no existiera nada ni nadie a su alrededor. Lo había visto un par de veces y siempre llevaba el mismo gorro que le cubría gran parte de su rostro. Su presencia me estimuló e incluso se me olvidaron mis infundados temores. En tan solo unos segundos nos cruzaríamos y pensaba saludarlo, aunque no obtuviera respuesta por su parte. Erguida y con una seductora sonrisa lo miré fijamente, pero sus ojos no me respondieron; seguían perdidos en algún lugar del infinito.

—Buenas tardes —lo saludé al cruzarnos.

De improviso, sentí como mi cuerpo se desplazaba sin poder remediarlo hasta caer de bruces al suelo.

—¿Está bien? ¿Se ha hecho daño? —me preguntó acercándose a mi lado.

Girando lentamente la cabeza lo miré y, haciendo un gran esfuerzo, sonreí.

—Estoy bien. No sé qué me ha pasado, yo nunca me caigo.

—Debe de haberse tropezado con esa piedra —opinó señalando un pedrusco de gran tamaño.

—Vaya, no sé cómo no lo he visto —contesté avergonzada.

—¿Puede levantarse?

—Sí, creo que sí —respondí incorporándome—. Estoy bien, no me duele nada.

—¿Seguro?

—Sí, de verdad. No ha sido nada —insistí.

—Entonces, me puedo marchar tranquilo. Espero que nos veamos en otra ocasión por este parque.

—Vengo por aquí todos los días a la misma hora —le informé adrede.

—Pues..., hasta mañana —dijo sonriendo, comenzando a correr.

—¿Cuál es su nombre? —le pregunté de forma impulsiva.

—Quique —respondió girando su cabeza hacia mí, pero sin dejar de correr.

—Yo me llamo Paola —le informé elevando la voz.

Esta vez no volteó su cabeza, solo alzó el pulgar de su mano izquierda en señal de OK.

Me sentía ridícula, la caída había sido aparatosa y seguro que habría pensado que era una persona torpe, aunque mirando el lado positivo, había mantenido una primera conversación con él. En mi cabeza comencé a maquinar cómo sería nuestro siguiente encuentro; en tan solo unos minutos, gracias a la incipiente amistad con Quique, la molesta inquietud que había sentido durante todo el día había desaparecido. Recogiendo el gorro del suelo me lo coloqué sobre la cabeza, pero comprobé que no se escuchaba música, quizá se hubiera averiado o en el mejor de los casos se hubiera agotado la batería, lo que era poco probable porque recuerdo haberla cargado. Al comenzar a andar sentí un leve, aunque molesto dolor en el pie derecho, y por prudencia decidí regresar a casa. Caminando despacio salí del parque. El semáforo estaba en rojo y, al pararme para cruzar, observé a Quique en la acera de enfrente hablando con un señor. Nada más advertir mi presencia levantó la mano; justo en el momento en el que me disponía a devolverle el saludo, algo me lo impidió. Un objeto frío y punzante se fijaba en mi espalda.

—Hola, mi amor —me saludó alguien situado detrás de mí.

El muñeco del semáforo se puso de color verde, pero ni mis pies ni mi cabeza eran capaces de reaccionar. Esa voz era la de...

—¿Roi? —pregunté con voz temblorosa.

—Sí, mi amor. No te des la vuelta. Lo que notas en tu espalda es una fina y afilada navaja. Si gritas o intentas salir corriendo te la clavaré. ¿Lo has entendido bien?

—Sí —respondí, sin poder pensar, a causa del pánico que me invadía en ese momento.

—Ahora me voy a colocar a tu lado, uniremos nuestros brazos y comenzaremos a caminar.

—De acuerdo, pero vayamos despacio, me acabo de lesionar un pie.

Roi situándose a mi lado, entrelazó su brazo con el mío. Con miedo, giré la cabeza y lo miré.

—¿Qué haces aquí? ¿Dónde vamos? —le pregunté intentando sobreponerme.

—Pronto lo sabrás, Paola. Ahora no hagas preguntas, ya tendremos tiempo de charlar —me contestó con su extraño acento francés.

Mientras caminábamos, en mi mente comenzaron a aparecer imágenes del pasado que celosamente había bloqueado para no tener que recordar. Hacía cinco meses que no sabía de él, no volvió a contactar más conmigo y poco a poco pude retomar mi vida.

Empecé a recordar cómo conocí a Logan a través de Facebook. Me encontraba de vacaciones en las playas del sur de Portugal. Sus mensajes de amor acompañaban mis ratos de soledad y, sin darme cuenta, me enganché a las pequeñas dosis de amor que día tras día me iba dando. Era francés, viudo y con dos hijos. En las fotos que me enviaba se podía apreciar que era un hombre muy atractivo. Ese verano también conocí a Martín y a su hijo con los que entablé una bonita amistad, pero en mis recuerdos, ahora al descubierto, el que logró llegar a mi corazón fue Logan.

Una mezcla de sensaciones olvidadas comenzaron a fluir dentro de mí: amor, desamor, mentiras, odio…

—¿Por qué me elegiste para perpetrar la estafa? —le pregunté sin siquiera pararme a pensar si ya sabía que lo había descubierto.

—¿Crees que eras la única? Solo fuiste una más entre las múltiples elegidas, aunque reconozco que tú nos llamaste mucho la atención.

Su respuesta me aclaró que sabía que había descubierto que él era un estafador.

—¿Cómo me has encontrado?

—Ha sido fácil localizarte.

—¿Y qué es lo que quieres ahora de mí? —le pregunté con la idea de saber sus pretensiones.

—Lo sabrás en su momento, además, hay algo que tú y yo comenzamos en Abiyán y que quiero terminar.

Mis recuerdos esta vez me llevaron hasta África. Acompañada de mi amiga Raquel viajamos a Costa de Marfil con la intención de descubrir quién era realmente Logan. En mi mente empezaron a aparecer imágenes nítidas que por unos segundos me hicieron sonreír. En ese viaje conocí a dos entrañables personas que marcaron mi vida, Eric y Enam, y por fin pude conocer el misterioso y apasionante pasado de mi tía Mati. Las siguientes imágenes estaban borrosas, las había ocultado en algún lugar de mi cerebro y no querían salir. Poco a poco se fueron aclarando y recordé el día que conocí a Logan en persona. Estaba feliz, pero esa felicidad pronto se vio truncada al descubrir lo que realmente había detrás de él. De mi viaje a África solo quería recordar a las personas que me habían llegado al corazón, y Roi no estaba entre ellas: adiestrado en las artes de seducción, engañaba a las mujeres haciéndoles creer que estaba locamente enamorado con el objetivo de sacar algún provecho económico de ellas. Conmigo lo intentó, pero cuando descubrí que era un peligroso estafador, de inmediato regresé a España y no supe nada más de él.

—Ya hemos llegado —me dijo parándose al principio de una angosta calle.

Roi, tomando su teléfono móvil, realizó una llamada; pronunció cuatro palabras en un idioma desconocido para mí y colgó. Pasados unos tres minutos un todoterreno de color gris se paró delante de nosotros. Dos hombres africanos se bajaron del coche y lo saludaron.

—Sube al coche —me ordenó Roi.

—No pienso subir —contesté con decisión.

—Paola, te vas a montar en ese vehículo, quieras o no.

—¡No quiero montarme! —grité con lágrimas en los ojos.

Los dos hombres comenzaron a hablar entre ellos, parecían inquietos. A continuación, uno se acercó hasta mí, me tomó en brazos, abrió la puerta del copiloto y metiéndome dentro la cerró con fuerza. Rápidamente se subieron todos al todoterreno. Roi se sentó en el asiento del conductor y arrancó.

—¿Dónde me lleváis? ¿Me estáis raptando? —pregunté confusa por la situación.

—Hubiera preferido que te vinieras voluntariamente conmigo.

—¿Ir, adónde? ¿Y por qué me iba a querer ir contigo? —le pregunté desconcertada.

—Paola, ¿es que ya no te acuerdas lo enamorada que estabas de mí?

—¿De ti? Eres un mentiroso y un impostor. Tú y tus hombres intentasteis engañarme jugando con mis sentimientos con la única intención de sacarme dinero. Lo único que siento hacia ti es odio.

—Tendremos tiempo de hablar de ello. Ahora debes dormir.

Roi pronunció unas palabras y acto seguido uno de los hombres me sujetó con fuerza la cabeza mientras el otro colocaba un pañuelo en mi nariz impregnado de un líquido de fuerte olor a la vez que me tapaba la boca. Instintivamente, comencé a golpear sus manos, pero enseguida perdí la conciencia.

∞∞∞∞∞∞∞∞

Una suave música proveniente de mi cabeza me despertó. Era la canción «Careless Whisper», de George Michael. El gorro musical había vuelto a funcionar y posiblemente también podría recibir llamadas telefónicas, aunque la única persona que podía contactar conmigo a través de este teléfono móvil era tía Mati. Al igual que mi equipo deportivo, lo estaba estrenando ese día. Me encapriché de él desde el primer momento que lo vi. Era el móvil más pequeño del mercado y pensé que me sería útil llevarlo

15

cuando fuera a practicar *running*. Aprovechando las rebajas me compré un cinturón elástico con dos accesos, uno para el móvil y otro para las llaves de casa. Tía Mati es la única persona que comprende mis pequeños impulsos, a veces algo infantiles y, por ello, fue la primera persona a la que le conté las compras que había realizado y enseguida me pidió el número de mi nuevo teléfono.

Además de en mi gorro, también se escuchaba música en el coche. Me llevé una grata sorpresa al reconocer que la canción que estaba sonando era «All I need is everything», de Aztec Camera, aunque me extrañó que le gustara ese tipo de música. Pensé que lo más conveniente sería fingir que seguía dormida. Sin mover un solo músculo del cuerpo entreabrí los ojos y observé que íbamos por una autopista. Pasados unos minutos divisé un cartel que indicaba que faltaban treinta kilómetros para llegar a Algeciras. Uno de los hombres comenzó a hablar e instintivamente cerré los ojos. Los tres hombres mantuvieron lo que parecía una discusión hasta que de repente sentí como el coche se paraba. A los pocos segundos el vehículo se puso otra vez en marcha. Tenía unas ganas tremendas de moverme, de cambiar de posición, no sabía cuánto tiempo iba a poder seguir disimulando. El coche se volvió a parar, al igual que la música, y por un instante temí que escucharan a George. Oí como se abrían las puertas del todoterreno. Pensé que habrían salido, pero decidí ser prudente y no abrí los ojos hasta que no oí ningún ruido. En el lateral derecho observé un club de alterne. Miré mi reloj, eran las once menos cuarto de la noche. Por fin pude respirar profundamente y cambiar de posición. Estaba sola y mi primera reacción fue salir del coche para pedir ayuda, pero las puertas estaban bien cerradas. Desesperada, quise tocar el claxon o golpear con fuerza los cristales para llamar la atención, tenía que hacer algo, era mi única oportunidad. Un rayo de sensatez alertó mi mente y caí en la cuenta de que cualquier ruido que intentara provocar, ellos serían los primeros en escucharlo; tenía que serenarme y actuar con cautela. Analicé el lugar, la casa de alterne estaba a unos cincuenta metros del todoterreno y, a unos veinte metros, se encontraban aparcados dos camiones. La probabilidad de que saliera alguien del club y me viera era mínima, así que resolví llamar a tía Mati, que era el único número que tenía grabado y, en el caso de que no contestara, telefonearía a la policía.

—Coge el teléfono, tía Mati, ¡cógelo! —grité angustiada.

Cuando estaba realizando un segundo intento, percibí que la puerta del club se estaba abriendo y contemplé a uno de los hombres de Roi saliendo. Rápidamente apagué el móvil y me situé en la misma posición, pero con la cabeza girada hacia la ventana. Observé cómo el hombre, mirando hacia el todoterreno, encendía un cigarrillo y cerré los ojos. Pasado un rato escuché abrirse la puerta del club. Entreabriendo los ojos, pude ver como el otro hombre salía y le pedía fuego al que se encontraba en la puerta. Acto seguido advertí que se dirigían hacia el coche y volví a cerrar los ojos. Al momento oí cómo abrían las puertas traseras del vehículo. Los dos hombres se quedaron en silencio hasta que llegó Roi y, sin decir una palabra, arrancó el todoterreno. La música volvió a sonar. Roi pronunció unas palabras y los dos hombres se rieron; estaban contentos, parecían relajados. Pensé que, para haberse atrevido a dejarme sola en el coche, lo que hubieran estado haciendo dentro del club debería de ser su punto débil. La satisfacción que les había provocado la comida o el placer, los había tranquilizado y, por el tiempo ocupado en sus menesteres, el que más apetito tenía era Roi. Quizá fuera el momento oportuno para abrir los ojos y simular que me acababa de despertar. Después de darle unas quince vueltas a esa idea, los abrí y, como si estuviera todavía aturdida, les hablé.

—¿Dónde estoy?

—Hola, mi amor. Te has despertado antes de tiempo.

—Vaya, no era una pesadilla, me has raptado. ¿Qué es lo que contenía el pañuelo que me colocasteis en la nariz?

—Una sustancia que provoca sueño. Tranquila, no es peligrosa ni dañina.

—Observo que hablas mejor el español que la última vez que te vi —opiné al comprobar que entendía todas mis preguntas.

—Durante estos meses he estado aprendiendo tu idioma para poder comunicarme mejor contigo.

—Así que ya hace tiempo que lo tenías planeado. ¿Qué es, un rapto o un secuestro?

—¿Y qué diferencia hay?

—La finalidad del rapto suele ser sexual y la del secuestro económica —le expliqué a mi manera con la intención de saber qué era lo que quería de mí.

—Yo no utilizo esas palabras.

—Entonces, ¿cómo le llamas a tomarme por la fuerza, montarme contra mi voluntad en un coche y llevarme no sé adónde sin mi consentimiento, a saber para qué oscuro fin?

—Ya hablaremos de ello. Ahora tranquilízate, no te va a pasar nada malo.

—¿Dónde me llevas? Si quieres que me tranquilice dime al menos a qué lugar vamos.

—A las dos de la madrugada sale un barco desde el puerto de Algeciras que nos llevará hasta Tánger.

—¿Me lleváis a África? No, ¡otra vez, no!

—¿No quieres volver a visitar África? Recuerda que allí nos conocimos.

—¡Por eso mismo! ¡No quiero ni recordarlo! ¡No quiero ir a África y menos contigo!

—Estás muy alterada, serénate, no te va a pasar nada.

Miré el reloj, eran cerca de las doce y media. Tenía poco tiempo para escapar antes de embarcar y lo único con lo que contaba era con mi teléfono móvil.

—Roi, necesito ir al baño, ¿podrías parar un momento? Tienes que comprender que esta situación es difícil para mí y estoy asustada —le imploré suavizando mi tono de voz.

—Está bien. A dos kilómetros hay una estación de servicio. Pararé para que puedas hacer tus necesidades, a ver si así te serenas un poco.

Al llegar a la gasolinera no había ningún vehículo repostando. Roi se bajó del coche para inspeccionar dónde se encontraban los aseos. Al momento abrió mi puerta y, sujetándome con fuerza por el brazo, comenzó a dirigir mis pasos. Enseguida noté un leve dolor en el pie derecho que me impedía caminar a la vez que él.

—Me duele el pie, no puedo andar tan rápido.

—No hay problema —dijo agachándose y tocando con delicadeza mi tobillo—. Lo tienes hinchado, iremos despacio.

El aseo estaba situado en la parte posterior de la gasolinera. Roi abrió la puerta y entró conmigo.

—¿Por qué no me esperas fuera? No voy a escaparme —le propuse con la intención de poder encender el móvil y llamar a tía Mati.

—No quiero separarme de ti ni un segundo. Anda, entra en el servicio. Te esperaré detrás de la puerta.

Mi esperanza de poder realizar una llamada se vio frustrada, aunque sí podría enviarle un mensaje. Rápidamente tomé mi móvil, lo encendí y comencé a escribir:

Roi me ha raptado. Me lleva a Tánger. El barco sale

En ese momento se me cayó el teléfono al suelo.

—¿Pasa algo? ¿Qué ha sido ese ruido? Abre la puerta, Paola.

—Se me ha caído el papel higiénico, ya salgo.

Rápidamente envié el mensaje sin terminar y apagué el teléfono. A continuación, me quité la zapatilla derecha, arranqué la plantilla, puse el móvil dentro y volví a colocar la plantilla.

—Ya estoy bien, y en cuanto me refresque la cara me sentiré mucho mejor —dije saliendo del servicio.

Caminando lentamente, apoyando el pie derecho sobre el talón, llegamos hasta el todoterreno.

—Próxima parada, el puerto de Algeciras —informó Roi sonriendo.

∞∞∞∞∞∞∞

No habría más de diez vehículos en los aparcamientos situados dentro del puerto y, aun así, Roi escogió un sitio apartado.

—Ya hemos llegado, en breve subiremos al ferri rumbo a Tánger —comentó Roi.

No sabía el motivo por el que me querían llevar a África, pero estaba convencida de que se trataba de algo que me podría perjudicar y tenía que huir. Mi mente con gran fluidez comenzó a barajar varias opciones. Al bajar del coche podría salir corriendo, pero la lesión en mi pie me impediría correr con la suficiente rapidez como para no ser alcanzada. La idea de que alguna persona apareciera en ese momento por allí la descarté al observar el poco tráfico portuario que había a esas horas. Mi única esperanza era que tía Mati hubiera recibido mi mensaje y alertado a la agencia para la que trabajaba, el MI6. Espontáneamente me salió una sonrisa al imaginar que al intentar embarcar, un grupo de hombres capturaban in fraganti a Roi y sus hombres.

—¿Por qué sonríes, Paola? Creo que ya estás más contenta de estar a mi lado.

—Si ya hemos llegado, ¿por qué no salimos del coche? —le consulté obviando su pregunta.

—Estamos esperando a alguien.

Roi encendió y apagó tres veces las luces del todoterreno y, pasados unos tres minutos, se escuchó el ruido de una moto.

—Ya puedes salir del coche, mi amor —me indicó Roi abriendo su puerta y dirigiéndose hasta la mía.

La moto se paró frente al vehículo. Un chico de no más de dieciocho años le entregó dos paquetes a Roi, y después se marchó. Uno lo guardó en una mochila y el otro lo abrió.

—Paola, te vas a poner este vestido, así nadie podrá saber quién eres.

Roi, sacando la prenda por completo de la bolsa, me la mostró.

—No. No pienso ponerme eso. Por favor, Roi, no me obligues a colocármelo —le imploré lo más calmada que pude.

—Mi amor, solo lo llevarás como mucho un par de horas, el tiempo suficiente para pasar el control y el trayecto en barco.

Uno de los hombres, acercándose a mí, comenzó a hablar señalando mi indumentaria.

—¿Qué dice? —pregunté comenzando a inquietarme.

—Quiere palparte para ver si llevas algún objeto dentro de la ropa. El móvil sabemos que te lo dejaste en tu casa, pero por seguridad te tenemos que registrar.

Roi comenzó a tocar suavemente mi cuerpo, empezando por la parte del cuello hasta que se detuvo en la cintura.

—¿Qué es este elástico?

—Un cinturón para llevar las llaves y el móvil cuando voy a correr. Por cierto, ¿cómo sabéis que el teléfono lo dejé en mi casa?

—Porque antes de ir a buscarte al parque entramos en tu vivienda y lo vimos encima de una mesa —me informó mientras me quitaba el cinturón y se guardaba mis llaves en su bolsillo.

—¿Habéis entrado en mi casa? ¿Cuánto tiempo lleváis espiándome?

—Lo tenemos todo muy bien organizado. Ahora, antes de colocarte el vestido, te voy a tapar la boca y las manos con esta cinta, es muy suave, no te molestará.

—Por favor, Roi, ¡no me tapes la boca! ¡No me obligues a ponerme esa prenda! Haré todo lo que tú me pidas, seré buena, no hablaré ni le diré a nadie que me has raptado. ¡Por favor, ayúdame! —supliqué llevada por un ataque de pánico.

—No te preocupes, mi amor, solo serán unas horas.

—¿Y si me entran ganas de vomitar con la boca tapada?

—Mueve la cabeza de arriba abajo y te llevaremos al baño. Yo en todo momento estaré a tu lado.

—¿Y el pasaporte? No lo llevo encima y no me van a dejar pasar.

—No hay problema, ya lo teníamos todo previsto —me contestó atándome las manos.

—Tápame si quieres la boca, pero por favor, no me pongas ese traje, ¡parece un burka!

—Es un burka, mi amor. Lo han diseñado especialmente para ti. Con él puesto solo se te verán algo los ojos, es la única manera de entrar en Marruecos sin que te reconozcan. Está todo organizado.

Roi me tapó la boca y mi corazón comenzó a palpitar de tal forma que pensaba que me iba a morir. A continuación, comenzó a colocar el traje sobre mi vestimenta. Despavorida, empecé a mover mi cuerpo con tal fuerza que los dos hombres le tuvieron que ayudar.

Con la boca tapada, las manos atadas y el burka puesto, la sensación de angustia se apoderó de mí. Roi me tomó por la cintura para ayudarme a caminar, pero mi cuerpo no respondía.

Mi mente se había bloqueado, no podía pensar, respirar, ni siquiera sentir. Mis ojos miraban a través de la pequeña apertura situada a la altura de los ojos y lo único que veía era oscuridad, pero no por el hecho de que fuera de noche, sino por la oscuridad que sentía en mi interior. Lo único que quería era dejarme ir, dejar de existir.

—Paola, ¿no puedes andar?, ¿te encuentras mal? —me preguntó Roi preocupado al notar mi cuerpo inerte—. Vamos mal de tiempo, te llevaré en brazos.

Cogiéndome entre sus musculosos brazos comenzó a caminar. Mi mente permaneció bloqueada hasta que, como si intuyera mi desazón, la imagen de tía Mati se coló en mi cabeza. Pensé que ella me salvaría de esta situación; la esperanza fue lo que provocó que quisiera seguir luchando. Como el ave fénix, renací de mis propias cenizas. Ahora era consciente de que estaba inmersa en una difícil tesitura y, con miedo y angustia, lo único que conseguía era sentirme peor; si quería recobrar mi vida, tenía que ser fuerte, tener templanza, confianza y, sobre todo, mantener la esperanza de que tarde o temprano volvería a ser libre. Con la positividad instalada en mi mente por fin pude ver unos pequeños destellos de luz.

Roi se paró y suavemente me situó en el suelo.

—¿Estás mejor, mi amor?

Sin poder contestar con palabras, asentí con la cabeza.

—Vamos a entrar, pero cada uno por un lado. Tú irás con mis hombres y nos reuniremos dentro del barco. Paola, no intentes hacer nada que te pueda perjudicar, ellos no son igual de amables que yo contigo y llevan una navaja. Prométeme que te vas a portar bien.

De nuevo asentí con la cabeza.

—Todo va a ir bien —profirió dirigiéndose hacia el interior con su mochila.

Para mi desgracia todo fue bien; no hubo ningún inconveniente al pasar el control. Al llegar a la zona de embarque miré hacia atrás. Observé el peñón de Gibraltar y las luces que iluminaban el puerto de Algeciras. En unos momentos me alejaría, sin quererlo, de España.

Roi nos estaba esperando en unos asientos situados en un lateral del barco. Los dos hombres me indicaron que me sentara a su lado.

—Todo va a ir bien, Paola —insistió sonriendo colocando su mano sobre mi pierna izquierda.

Con fuerza moví varias veces la cabeza hacia abajo y después hice señales de negación. Roi lo comprendió y retiró su mano de mi pierna. Mirando a mi alrededor, comprobé que la mayoría de los pasajeros eran de origen norteafricano. De nuevo comencé a urdir un plan para poder huir de ellos. Pensé que si lograba ir al aseo podría intentar escaparme y así llamar la atención de algún pasajero, y si ello no daba resultado, tendría que ver la manera de conseguir llamar por teléfono. Haciendo movimientos continuos con la cabeza logré avisar a Roi de que tenía un problema.

—¿Te pasa algo, mi amor?

Enseguida asentí con la cabeza.

—¿Te duele el pie?

Negué.

—¿Estás mareada? ¿Quieres ir al servicio?

Asentí dos veces.

—No hay problema.

Roi llamó a sus dos hombres y me acompañaron hasta los aseos. Uno de ellos entró conmigo y, subiéndome la parte inferior del burka, comenzó a bajar mis mallas. No pensaba permitir que ese hombre contemplara mis partes íntimas y, en un acto impulsivo, levanté la pierna derecha, golpeándole con fuerza la cara. El hombre gritando de dolor se apartó. Con las mallas medio bajadas y cojeando abrí la puerta de los servicios, pero el otro hombre estaba allí y me paró. Agarrándome con fuerza por la cintura me obligó a entrar de nuevo. El hombre al que había golpeado estaba bastante enojado; levantó una mano con la intención de pegarme, pero en ese instante Roi entró y lo paró. Situándose delante de mí para protegerme, y después de una breve discusión entre los dos, el hombre salió. Me quedé más tranquila, estaba muy furioso y no me trataba como Roi, que siempre era amable e incluso cariñoso conmigo; en cierta forma hacía que, dentro de la angustiosa situación en la que me encontraba, me sintiera a salvo cerca de él. Aunque a pesar de ello, lo seguía odiando. A los cinco minutos el hombre volvió a entrar y le entregó una bolsa a Roi.

—Paola, creo que es mejor que pases este viaje soñando.

Sacando un pequeño bote de la bolsa lo vertió sobre un pañuelo. A continuación, con mucha dificultad, lo colocó en mi nariz. A los pocos segundos perdí el conocimiento.

II. LA REUNIÓN

Marruecos, 27 de febrero de 2016

Por su gran tamaño y la variedad de productos debía de estar en el mercado de abastos de una gran ciudad. Puestos de verduras, hortalizas y frutas llenaban de color la parte principal. Comencé a caminar y, llevada por el olfato, me acerqué hasta una tienda de especias. A su derecha, un señor sonriendo me ofreció una manzana que, agradecida, enseguida cogí. A su lado, una señora me ofreció un plátano, el cual casi de un golpe engullí. Un poco más adelante, el tendero de un puesto me ofreció una bandeja con diversos tipos de queso y, en cuestión de minutos, los probé todos. Al final de la calle observé a un hombre vestido completamente de blanco. Sobre una mesa situada delante de él había una maravillosa tarta de chocolate. El señor, sonriendo, me hizo señas para que fuera hasta él. Sin dudarlo me planté delante de la tarta y amablemente me ofreció un plato y una cuchara, lo que interpreté que podía probarla. Con cuidado corté un trozo, y cuando me lo estaba metiendo en la boca, el señor me pegó una pequeña torta en mi mejilla derecha y después dos en la izquierda.

—Pero ¿por qué no puedo probar la tarta? ¡Quiero probarla! —grité decepcionada.

—Despierta, Paola. Te he traído algo de comida.

Al abrir los ojos lo primero que vi fue la cara de Roi y comprendí que el que me pegaba las tortas no era el pastelero de mis sueños, sino él intentando despertarme. Con curiosidad, observé todo lo que me rodeaba. Estaba en una pequeña habitación. Las paredes eran de color beige y la única ventana estaba situada encima de una puerta de madera. No había armarios, ni sillas, ni mesa, solo la cama en la que me encontraba tumbada y, cubriendo el suelo, una bonita alfombra en tonos grises, marrones y rojizos. Ya no estaba atada ni llevaba el fastidioso burka encima.

—¿Dónde estamos? —pregunté mirando fijamente una bandeja que contenía alimentos.

—En Casablanca. Te he traído dos platos típicos de Marruecos, no es la tarta con la que estabas soñando, pero te sentarán bien.

—¿Qué tipo de comida es? —pregunté con desconfianza.

31

—El primer plato es una sabrosa sopa caliente que se llama *harira* y de segundo, *kefta,* carne picada con piñones. Pruébalos, no llevan veneno.

Tenía tanto apetito que hasta me daba igual que tuvieran cianuro y, tomando en mis manos la bandeja, en menos de cinco minutos devoré los dos platos.

—Tenías hambre, ¿eh? Si te portas bien, más tarde te traeré dulces con té a la menta.

—Roi, ¿por qué me has traído a Casablanca? ¿Me puedes contar ahora qué es lo que quieres de mí?

—Hemos venido hasta aquí porque tengo una reunión muy importante, pero mañana nos iremos para Abiyán.

—Odio Abiyán.

—¿Por qué, mi amor?

—Porque fui a conocer al que pensaba que podría ser el hombre de mi vida y descubrí que...Prefiero no recordarlo. Por cierto, ¿cómo he llegado desde el barco hasta aquí? ¿Y cómo habéis logrado pasar el control?

—Les explicamos que estabas embarazada y que habías sufrido un desmayo. Nos abrieron todas las puertas, además, tenemos contactos que nos han ayudado.

—¿Quién eres realmente, Roi? Ya debes de saber que no tengo dinero y no comprendo qué es lo que quieres de mí.

—Pertenezco a una organización muy importante; era el jefe en Abiyán de una de las operaciones que realizábamos desde allí. Me iba muy bien, ganaba mucho dinero hasta que por tu culpa lo he tenido que dejar temporalmente. Los que mandan en la organización quieren hablar contigo y me han encargado que te lleve ante ellos. Además, tú y yo tenemos algo pendiente.

—Entonces, tú eras el jefe de los hombres que engañaban a las mujeres.

—Mujeres y hombres, lo teníamos todo muy bien organizado y controlado hasta que a ti se te ocurrió ir a Abiyán para conocer a tu amor. Eres una romántica, pero no debiste meterte en nuestros asuntos.

—Tarde o temprano, mi familia se dará cuenta de que he desaparecido; darán parte a la policía y me encontrarán.

—Dudo que te encuentren aquí en África; sabemos que te buscarán, pero la organización lo tiene todo controlado. Nadie sabrá el motivo por el que has desaparecido y, aunque regreses a tu país, nadie sabrá nunca la verdad porque ni tú misma la querrás contar. Ya lo comprenderás en su momento.

—¿Para qué necesita verme tu organización? ¿Qué queréis de mí?

—Ahora me tengo que marchar. En unos minutos comienza la reunión y deben de estar al llegar.

—¿Y yo qué hago?

—Duerme, mi amor. Te he puesto una pequeña dosis de somnífero en la sopa.

Me quedé sola. Sabía que en cuestión de minutos volvería a estar en los brazos de Morfeo. No había dormido tanto tiempo seguido como en estos dos días y temía que pudiera mermar mi capacidad de raciocinio. La conversación mantenida con Roi me había inquietado; pensaba que ya se habrían olvidado de mí, pero la organización a la que pertenecía quería verme y seguro que no era para nada bueno. No sabía qué intenciones tendrían, quizá se tratara de venganza. Pero ¿y Roi? ¿Qué es lo que además quería de mí? Empecé a sentirme débil, sabía que dentro de poco me quedaría otra vez dormida. Escuché unas voces provenientes de la habitación contigua. Todavía estaba lúcida y se me ocurrió mirar a través de la ventana situada encima de la puerta. Estaba demasiado alta, necesitaba algo para poder subir. Sin hacer mucho ruido, arrastré la cama hacia la puerta, doblé el colchón y, situando encima las sábanas, la almohada y la manta, me subí. Aun así, no llegaba del todo hasta la ventana. Como no había ningún objeto más que colocar, intenté saltar impulsándome sobre el pie izquierdo para no dañar el derecho. En el primer salto vi a Roi sentado en una mesa bebiendo. En el segundo, observé a dos hombres vestidos con chilabas. En los sucesivos saltos pude contemplar cómo los tres hombres brindaban con sus copas a la vez que pronunciaban unas palabras en francés. Solo conocía algunas expresiones coloquiales en ese idioma, si hablaran en inglés los podría entender perfectamente. Estaba cansada, me senté unos minutos sobre la cama hasta que escuché cómo elevaban su tono de voz. Con curiosidad comencé a saltar otra vez sobre la cama y observé que otro hombre se había incorporado a la reunión. Llevaba una túnica de color ocre amarillo y sobre su cabeza un turbante del mismo tono. Descansé unos segundos y en el siguiente salto percibí cómo saludaba a Roi con cuatro besos alternativamente uno en cada mejilla. El sueño se estaba apoderando de mi consciente, pero haciendo un último esfuerzo, puede contemplar la cara del nuevo visitante. Su mirada me recordaba a alguien. Ya no tenía fuerzas para continuar y, moviendo la cama hasta su sitio, estiré las sábanas junto a la manta y me tumbé.

Cuando me desperté lo primero que hice fue mirar mi reloj. Eran las diez de la mañana. No se escuchaba ningún ruido, quizá me encontrara sola. La imagen del último hombre que se agregó a la reunión apareció en mi mente. Mis neuronas no reaccionaban con rapidez, así que comencé a contar números para activarlas, era uno de los trucos que me había enseñado tía Mati. Pasados unos segundos, en mi cabeza apareció la imagen de Quique, el hombre del parque que me había llamado la atención por la expresión de su mirada, pero como las pocas veces que lo había visto llevaba siempre la cara prácticamente cubierta por un gorro, me resultaba difícil identificarlo fuera del entorno donde lo había conocido, además, el color de sus ojos era distinto. Y, ¿qué iba a hacer aquí vestido con ese atuendo? Pensé que estaba comenzando a desvariar y que pudiera ser debido a las sustancias tóxicas que me estaban administrando. ¿Estaría alucinando? Tenía que impedir que me las volvieran a suministrar y para ello tendría que ser obediente. Entre mis maquinaciones escuché unas pisadas acercándose hacia la habitación. Cerré los ojos como si continuara dormida y en unos segundos la puerta se abrió.

—Buenos días, Paola. Despierta, es tarde.

Abriendo los ojos lentamente y, apartando las sábanas que cubrían mi cabeza, lo miré.

—Buenos días, Roi. ¿Qué hora es?

—Las diez y cuarto de la mañana. Te he traído té con dulces. Cuando termines de desayunar, te vestiré y partiremos hacia Abiyán.

—¿Otra vez me vas a poner el burka y me vas a drogar? No quiero dormir más. Te prometo que haré todo lo que me mandes, seré una buena chica.

—Ya. ¿Te lo pasaste bien dando saltitos sobre la cama?

Me quedé callada, no esperaba que me hubiese visto.

—¿Saltitos?

—Sí, mi amor. Ayer noche observé como tu preciosa cara aparecía y desaparecía cada cinco segundos por la ventana, hasta que te pudo el sueño. ¿Te gustó lo que viste?

—Estaba aburrida y fue lo único que se me ocurrió hacer, pero realmente no pude ver nada.

—Anda, come lo que te he traído, eres una chica traviesa, pero a mí me gustas.

—¿Me has puesto somnífero en el té?

—Esta vez no. Te taparé la boca y ataré tus manos. Pero como te portes mal, te dormiré otra vez, ¿entendido?

—Te prometo que me comportaré muy bien.

Con el burka puesto, atada y custodiada por Roi y sus dos hombres, no me quedaba otra opción que dejarme llevar hasta el siguiente destino. Esta vez pensaba ser buena; me comportaría como una mujer sumisa, tolerante, complaciente, obediente. Sería la mujer perfecta para ellos, con la única intención de que no me volvieran a drogar para poder conservar la lucidez e idear un plan para escapar.

Nada más salir de la casa me introdujeron en un vehículo. Durante el trayecto puede contemplar que se trataba de una gran ciudad marcada por diferentes estilos arquitectónicos. Al entrar en una amplia avenida el vehículo permaneció parado un buen rato debido a un atasco. Roi estaba alterado, me explicó que a causa de las obras de ampliación del tranvía era posible que no llegáramos a tiempo al aeropuerto. Pensé que quizá tuviera una posibilidad de escapar en el próximo atasco. Sin embargo, a pesar del tráfico intenso llegamos a punto de coger el vuelo.

III. EL INTRUSO

Costa de Marfil, 28 de febrero de 2016

Eran las cinco de la tarde cuando aterrizamos en el aeropuerto de Port Bouet. Hacía calor, necesitaba quitarme el burka para poder respirar. El dolor que había estado sintiendo en el pie prácticamente había desaparecido, aun así, decidí fingir que me molestaba para continuar caminando apoyada sobre el talón con la intención de no romper el móvil. En la salida nos estaba esperando un señor que nos condujo hasta un vehículo.

—Ya estamos en casa, mi amor —me informó Roi sonriendo.

Recordé la primera vez que llegué con mi amiga Raquel a Abiyán. La situación era bastante diferente a la que estaba viviendo ahora. Viajamos con la intención de conocer en persona a Logan, el hombre del que me había enamorado a través de

Internet y, para localizarlo, Raquel había contratado los servicios de un guía, Fabrice, del que se encaprichó. Cuando este se enteró de que mi amiga era muy rica, se desvivió por complacerla en todos sus caprichos y comenzaron una relación. Fue un viaje de placer que se convirtió en una pesadilla, sin embargo, este viaje lo he comenzado como una pesadilla y ojalá el destino quiera que termine en placer.

Montada en el coche sin poder hablar, contemplaba los lugares por donde íbamos pasando. Al llegar al barrio de Le Plateau, la imagen de Eric ocupó toda mi cabeza y, por unos momentos, la esperanza de ser liberada volvió a crecer dentro de mí. Pensé que a esa hora podría estar trabajando en su notaría situada en uno de los altos edificios por los que estábamos pasando. Recordé el día que, junto con Raquel y Fabrice, acudimos a su oficina para que nos ayudara a localizar unos documentos que nos podrían llevar hasta Logan, y resultó ser un hombre encantador que me amparó durante el tiempo que permanecí en Abiyán. Un sentimiento apagado desde hacía algún tiempo brotó en mi interior. Quería verlo, sentirlo cerca de mí, aunque quizá solo se tratara de un estado de necesidad. Al igual que a Roi, no lo volví a ver desde que me marché de Abiyán, aunque sí mantuvimos el contacto. El primer mes me llamaba todas las semanas, pero conforme iba notando que me encontraba mejor, sus llamadas eran más esporádicas. La última vez que hablé con él me prometió que en el mes de marzo vendría a España expresamente a verme, bueno, y también a tía Mati, con la que al igual mantenía el contacto.

Al llegar al barrio de Treichville el vehículo se detuvo en la puerta de una casa que parecía abandonada.

—Tengo que recoger unas cosas, enseguida vuelvo —explicó Roi bajándose del coche.

Examinando la zona observé que estaba cerca del bonito mercado de Treichville, lugar donde conocí a Enam, el chico más bueno, dulce y servicial que he conocido y, al igual que Eric, nos hicimos buenos amigos. Mi mente volvió a la realidad al percibir a Roi saliendo de la casa con dos paquetes. Con prisas, se montó en el vehículo. Dos calles más adelante el coche se paró frente a un edificio. Roi, abriendo la puerta, me ayudó a salir.

—Por fin solos, mi amor. En cuanto estemos dentro de mi casa te quitaré la cinta que tapa tus suaves labios —comentó mirando partir el vehículo que nos había traído.

Subimos por unas viejas escaleras hasta el primer piso. Era un edificio muy antiguo; contaba con solo dos plantas y parecía que estaba abandonado. Cuando Roi abrió la puerta de su vivienda me quedé asombrada. Nada más entrar había un gran salón decorado con muebles de diseño. Los cuadros que adornaban las paredes eran pinturas de Vincent van Gogh y otros pintores del posimpresionismo. Supuse que se trataban de réplicas. Pensé que era un hombre peculiar, y quizá, si intentaba ser agradable con él podría convencerlo para que me dejara marchar.

—Ven, Paola. Te voy a quitar ese vestido que tanto te fastidia —profirió llevándome hasta un enorme sofá de cuero blanco.

Con mucho cuidado me sacó el burka, retiró las cintas que cubrían mi boca y después las que ataban mis manos.

—Tu casa es muy bonita. ¿Quién la ha decorado?

—Yo mismo.

—¿Tú solo? No me lo creo.

—Me encanta el arte y tengo muy buen gusto. Tú tienes una mala y falsa opinión sobre mí, pero ya la cambiarás.

—¿Que tengo mala opinión sobre ti? La que tú me has dado. Eres un estafador y me has traído hasta África a la fuerza, atada y vestida con un burka. Dime, ¿qué es lo que quieres que piense de ti, que eres un ángel?

—Es mi trabajo, pero mi faceta personal sé que te va a gustar. Ya habrás comprobado que soy amable contigo, ¿no?

—Sí, has sido amable, aunque quizá también forme parte del plan que tenéis tan bien organizado. Necesito ir al baño y beber agua.

Roi, acompañándome hasta el cuarto de baño, abrió la puerta para que entrara.

—Es enorme y ¡tiene un jacuzzi! —exclamé sorprendida.

—Si quieres puedes darte un baño mientras preparo la cena, seguro que te vendrá muy bien.

—Gracias, lo necesito, aunque antes quiero beber.

Al salir del baño me mostró el resto de su vivienda. Tenía solo un dormitorio con una enorme cama rodeada de cortinas de hilo blanco y me pregunté dónde tendría previsto que durmiera yo. La cocina era pequeña, pero muy práctica. Sin duda era un apartamento de lujo.

—Voy a preparar la cena, si quieres puedes bañarte y ponerte cómoda —me propuso entregándome dos toallas y un camisón de seda de color beige.

—Cogeré las toallas. El camisón te lo puedes quedar, prefiero seguir con mi atuendo deportivo puesto —le dije tomando el juego de toallas de color rosa.

—Como quieras, te prepararé un baño de espuma, así te relajarás.

Me quedé quieta observando el apartamento, si realmente lo había decorado él, tenía buen gusto. Lo que resultaba extraño era que en un edificio casi ruinoso existiera una vivienda de lujo.

—Ya puedes entrar, espero que esté a tu gusto, mientras tanto prepararé la cena.

El agua estaba a una temperatura ideal para el calor que hacía. La espuma cubría todo mi cuerpo y su olor era suave y fresco. Me sentí en la gloria. Comenzó a sonar música francesa, era relajante. Pensé que Roi se estaba esforzando mucho para que me sintiera bien y eso era de agradecer. Por un momento me olvidé de que me habían raptado y dejé mi mente en blanco. La música dejó de sonar por unos segundos. Mi cuerpo y mi mente estaban totalmente distendidos. Una suave melodía empezó a sonar. Roi comenzó a cantar al son de la música y la verdad es que lo hacía bien, por lo menos no desentonaba. La canción me resultaba conocida, pero no la reconocí hasta que escuché el estribillo. Se trataba de la polémica canción «Je t'aime moi non plus», de Gainsbourg y J. Birkin. La letra de la canción versaba sobre un encuentro sexual entre dos amantes. Roi se sabía la letra de memoria e incluso susurraba de forma sugerente al igual que en la canción. La relajación que había sentido se acabó de inmediato. Cada vez tenía más claro que Roi quería algo conmigo, lo que no entendía era cómo un hombre seductor y que podía tener a sus pies a cualquier mujer, como había comprobado en mi viaje anterior, se tomara tantas molestias para poder estar conmigo. No me cuadraba, debía de haber algo más. Dejando la espuma para otra ocasión salí del jacuzzi.

—Paola, voy a salir un momento a realizar una compra, enseguida vuelvo.

—OK —le contesté.

En un primer impulso, rápidamente me vestí con la idea de escapar del apartamento. Después recapacité. ¿Realmente se habría ido dejándome sola? Quizá me estuviera poniendo a prueba y anduviera esperándome detrás de la puerta. Tenía que averiguarlo y, sin ponerme los zapatos, como si no tuviera intención de escapar, salí del baño y me dirigí hasta la puerta del apartamento. Tenía tres cerrojos y los tres bien cerrados. A continuación, revisé las diversas opciones que tenía para huir de allí por alguna de las ventanas y observé que la del salón daba a una pequeña terraza. Al abrirla comprobé que no había mucha altura y no me resultaría difícil deslizarme y luego saltar; para ello debía de ponerme las zapatillas. Me dirigí al baño, nerviosa no atinaba a atarme los cordones. De improviso sentí como una mano tapaba mi boca. Lo primero que pensé era que Roi había descubierto mi plan.

—¿Quién eres? ¿Roi? —balbuceé.

—No gritar —respondió la persona que tapaba mi boca.

Por el sonido de su voz no era Roi. Instintivamente intenté girarme para averiguar quién era, pero me lo impidió. Suavemente me condujo hasta el salón.

—No gritar, yo soltar —dijo chapurreando en español.

Repetitivamente asentí con la cabeza.

—OK. Yo soltar —dijo comenzando a quitar despacio la mano que cubría mi boca.

En ese momento se escuchó cómo alguien comenzaba a abrir la puerta. El hombre me soltó.

—*Blue circle* ¡mort! —gritó saliendo a toda prisa por la ventana del salón.

Intenté guardar en mi mente las palabras que había pronunciado. El hombre no debía de saber más de tres o cuatro en español y tenía la sensación de que, o quería ayudarme o perjudicar a Roi. Cuando Roi abrió los tres cerrojos de la puerta, entró.

—¿Qué te pasa? —me preguntó al verme en medio del salón con la cara descompuesta.

—Ha entrado un hombre, me tapó la boca y cuando escuchó que abrías la puerta salió por la ventana.

—¿Un hombre? ¿Y por dónde ha entrado? Dejé todas las ventanas cerradas con llave. No pensarás que te iba a dejar sola sin tomar precauciones.

—Tenía calor y abrí la ventana del salón.

—*Merde.* Se me habrá olvidado cerrarla —pronunció Roi saliendo a la terraza.

—Me he llevado un gran susto, todavía estoy temblando.

—¿Cómo era el hombre?¿Te ha hecho daño?

—Era africano. No me ha hecho nada, solo pronunció unas palabras que no entendí.

—Sería algún ladrón. Por aquí es frecuente, vería la ventana abierta y entró. Tranquila, ya ha pasado y ahora vamos a cenar. ¿Te gusta cómo he decorado la mesa para ti? Además, he salido expresamente para traerte tarta de chocolate.

—Eres muy amable, Roi, aunque la verdad es que con el susto se me ha quitado el apetito.

—Siéntate, ya verás que en cuanto comiences a comer querrás más y más.

Con la impresión que me había llevado con el intruso no había observado la mesa. Estaba cubierta con un mantel rojo con las servilletas a juego y una bonita vajilla en tonos beige y burdeos. Como adorno, dos candelabros de plata con velas rojas.

—¿Te gusta la música francesa? —me preguntó situándose frente a su equipo.

—Depende de qué canción...

—Esta te va a encantar, es romántica y relajante. Voy a traer la comida —dijo dirigiéndose hacia la cocina.

Aunque Roi se desvelara al máximo por impresionarme, no pensaba caer en sus redes ni aunque me drogara con alguna de sus pociones africanas. Sonriente, se acercó hasta la mesa con una gran bandeja entre sus manos.

—Espero que te guste. Lo he cocinado con mucho cariño —comentó abriendo una botella de vino.

Con curiosidad observé los platos: una tabla con queso, *foie-gras* con mermelada y una cazuela que no identifiqué su contenido.

—¿Qué tipo de comida es? —pregunté señalando la cazuela.

—*Le gratin dauphinois,* patatas gratinadas con queso y setas. He pensado que preferirías la cocina francesa a la africana.

—Roi, ¿has vivido muchos años en Francia? –le pregunté mientras comenzaba a probar el queso.

—No mucho, casi siempre he vivido aquí, pero me apasiona todo lo relacionado con Francia.

—¿Dónde naciste?

En ese momento el teléfono de Roi comenzó a sonar. Levantándose de la mesa se alejó hacia el dormitorio. Mientras charlaba, probé el plato de patatas gratinadas, estaba exquisito. Aunque escuchaba la conversación no entendía nada.

—Nos tenemos que ir —me informó muy serio e irritado— ¿Qué es lo que te dijo el hombre que estuvo aquí?

—No lo sé. No entendía su idioma. ¿Pasa algo?

—Recoge tus cosas, tenemos que marcharnos de aquí.

—¿Adónde? ¿No vamos a terminar de cenar? Ahora que se me había abierto el apetito...

—No tenemos tiempo. Me han ordenado que te lleve a un sitio, han organizado una reunión urgente.

Roi, sin ni siquiera recoger la mesa, me apresuró para que me levantara y recogiera mis escasas pertenencias. Después de asegurarse de que todas las ventanas estaban cerradas salimos del apartamento.

—¡*Merde, merde, merde*! Con el trabajo que me ha costado preparar esta velada —profirió muy enfadado.

—¿Llevabas tiempo planeando esta cena? —pregunté sorprendida.

—Claro que sí, mi amor. Para ti quiero lo mejor.

Al salir del edificio me cogió por el brazo y, caminando a paso acelerado, atravesamos una calle. Roi se paró junto a un vehículo y abriéndome la puerta me obligó a entrar.

—Paola, ponte el cinturón de seguridad —me ordenó arrancando el coche.

—¿Dónde vamos?

—Tengo que asistir a una reunión. Estaba prevista para mañana, pero ha surgido un inconveniente. ¡Qué fastidio!

—¿Está cerca el lugar dónde vamos?

—No —me respondió sin dar más detalles.

Mientras estuviese en Abiyán cabía la posibilidad de poder escapar y buscar a Enam y a Eric, pero si nos alejábamos de allí, ¿quién me iba a ayudar? Con tristeza observé cómo nos íbamos distanciando de la ciudad.

El teléfono móvil de Roi sonó y enseguida contestó la llamada. La conversación debía de ser importante, lo intuí por su tono de voz. Llevada por uno de mis impulsos me quité el cinturón con la intención de abrir la puerta y saltar del coche.

—¿Qué haces, Paola? No pensarás abrir la puerta con el coche en marcha, eso puede ser muy peligroso.

Aunque llevaba razón, en mi mente ya estaba programado realizar ese acto, y Roi, al ver mis inmediatas intenciones, dando un volantazo, paró el vehículo.

—Chica traviesa… Saltar de un coche en marcha solo se le ocurre a los niños pequeños e incluso ellos no lo hacen porque son más razonables que tú. Nos espera un largo viaje y me hubiera gustado pasarlo charlando contigo, pero te voy a tener que dormir otra vez —musitó abriendo la guantera y sacando un pequeño bote.

—No me duermas otra vez, por favor. Puede que mi actitud pueril sea debida a todas las sustancias que me estás suministrando.

—Tengo que hacerlo, mi amor. Con las prisas no he traído las cintas para atarte y no puedo estar pendiente de la carretera y de ti a la vez. Tómate esta pastilla, es muy suave.

Cogiendo la pastilla entre mis manos me quedé un rato observándola.

—¿Me la tengo que tomar? Y si no me la tomo, ¿qué me vas a hacer?

—Vamos, Paola, tómala ya, si no te la introduciré yo mismo en la boca.

—Está bien, pero prométeme que esta va a ser la última vez que me duermas.

—Eso depende de cómo te portes —me contestó poniendo de nuevo el vehículo en marcha.

IV. EL PALACETE

29 de febrero de 2016

Cuando abrí los ojos ya era de día. Estaba aturdida, sin capacidad de reacción, y sabía que era debido a la pastilla que me había obligado a tomar Roi. Haciendo un gran esfuerzo me incorporé y pude comprobar que me hallaba tumbada en la cama de una habitación espaciosa que contaba con un amplio ventanal por donde entraban destellos de luz. Poco a poco me levanté; con curiosidad me dirigí hacía la ventana para ver dónde me encontraba. Observé un campo solitario con árboles frondosos, por lo que deduje que tenía que estar en alguna casa abandonada en medio de la nada.

Al cabo de un rato escuché como alguien, después de dar unos suaves golpes, abría la puerta de la habitación.

—Buenos días, Paola. Te traigo el desayuno —dijo Roi colocando una bandeja sobre una mesa situada a la derecha del cuarto.

—Buenos días. ¿Dónde estamos?

—Dentro de treinta minutos te llevaré ante el jefe —contestó, sin ni siquiera mirarme, saliendo y cerrando la puerta.

El desayuno tenía muy buena pinta; té moruno, fruta variada y unos pequeños pasteles. Roi, como siempre, había estado amable conmigo, sin embargo, su actitud no era la misma; lo había notado frío, distante. Siempre lo había visto vestido con vaqueros, y esta vez, llevaba una túnica larga de color azul. Pasada una media hora llamaron a la puerta de mi habitación.

—Paola, el jefe te está esperando —me comunicó Roi en tono autoritario.

Sin pronunciar una sola palabra me condujo por un largo pasillo con varias puertas a ambos lados hasta que se paró ante una que difería de las demás por las originales figuras talladas sobre la madera.

—*Permis* —pronunció Roi.

—*Avant* —contestó alguien tras la puerta.

Sentado frente a una amplia mesa de madera se encontraba un señor de tez morena vestido con una chilaba de color blanco.

—Bienvenida, señorita Paola. La estábamos esperando.

—¿Habla usted mi idioma? —le pregunté sorprendida.

—Domino siete idiomas, entre ellos el español. Mi nombre es Abdel Samad y durante los días que permanezca aquí quiero que me considere su anfitrión.

—Señor Abdel, me gustaría saber por qué me han traído hasta usted y dónde nos encontramos —me atreví a preguntar dada la amabilidad que mostraba.

—Forma parte de un plan que tenemos que cumplir y es una pieza muy importante. Nos encontramos en una de mis residencias, la cual está a su entera disposición. Podrá entrar y salir de la casa con plena libertad dentro de los límites de mi propiedad, que como ya podrá comprobar, está situada en una preciosa y solitaria zona de la selva.

—¿Cuánto tiempo tendré que estar aquí encerrada?

—Como le he dicho, tendrá libertad de movimiento dentro de mi propiedad. El tiempo que deba de permanecer aquí depende de factores externos. Tendrá una persona que la acompañará todo el día, así no se sentirá sola. Roi, por favor, avise a Badra.

Pasados unos minutos Roi entró acompañado de una chica de unos veinte años. Vestía una túnica ancha y larga de colores rojizos a juego con el velo que cubría su cabeza por el que sobresalían tirabuzones de color castaño.

—Paola, Badra será su acompañante, ella atenderá todas sus necesidades.

—Pero ¿cómo me voy a comunicar con ella?

—No hay problema. La he elegido porque habla su idioma.

—Badra, ¿habla español? —le pregunté para comprobarlo.

—Sí, señorita —me respondió agachando la cabeza.

—Badra, elija para hoy un caftán y ropa limpia para Paola. Después prepárele un baño.

Badra obedeciendo las órdenes de Abdel salió de la habitación.

—Espero que disfrute de su estancia. Roi, acompáñela hasta su dormitorio y después reúnase conmigo.

Nada más salir le pregunté a Roi quién era Abdel.

—Es el propietario de esta casa —me contestó sin más, mirando hacia el frente.

Al llegar a mi cuarto, abrió la puerta, me informó de que debía de esperar a Badra y se marchó. Su actitud había cambiado de forma visible. Ya no me trataba con cariño ni me llamaba amor; ni siquiera me miraba a los ojos cuando me hablaba. Me senté sobre la cama; no sabía qué era lo que querían de mí y ello me causaba inquietud. Rememoré una y otra vez las palabras que había pronunciado el señor Abdel hasta que alguien llamó a la puerta.

—Señorita Paola, soy Badra. Le he preparado el baño y le traigo ropa.

—Pase, Badra —le dije abriendo la puerta.

—Le traigo ropa nueva, tres vestidos, calzado y un camisón.

—Gracias, puede ponerlos encima de la cama.

Badra sacó de sus fundas las prendas y las colocó sobre el lecho.

—Son preciosos —comenté al ver el colorido de los tres trajes.

El primer caftán era de tafetán color azul chino con bordados en oro en la parte delantera y en los puños. Le acompañaba un fajín dorado. El segundo era de seda natural en color amarillo azafrán con estampados arabescos, y el tercero de color violeta bordado con hilos de plata acompañado con un fajín plateado. Cada caftán contaba con un velo y babuchas del mismo tono. En otra ocasión me habría provocado una gran ilusión y me los habría probado una y otra vez, pero dada la situación en la que me encontraba me daban exactamente igual los espectaculares trajes que tenía ante mí y para mí.

—Los tres son muy bonitos, no sé cuál ponerme. ¿Los ha elegido usted?

—Los encargó el señor Roi, y yo he escogido tres de entre los más lindos. Si quiere le puedo traer otros; hay uno de cada color.

—¿Conoce mucho a Roi?

—No, señorita. Lo vi por primera vez anoche cuando llegó con usted. La traía en brazos y, después de acostarla, me preguntó si habían llegado las prendas que había encargado para usted.

Con curiosidad busqué la ropa interior, me intrigaba saber qué camisón había elegido Roi para mí. Observé que era de color blanco, muy normal, nada que ver con el que escogió para la velada en su casa de Abiyán.

—Badra, ¿de dónde es? ¿Cómo es que sabe hablar tan bien el idioma español?

—Nací en Yibuti.

—¿Y dónde está Yibuti?

—En el Cuerno de África.

—Perdona mi falta de información, pero tampoco sé dónde se encuentra.

—En la parte oriental de África, es una de las regiones más pobres del mundo. Se considera que es el posible lugar donde se originó la humanidad.

—¿Y sigue viviendo allí?

—Viví en Yibuti con mi madre hasta los cinco años. Un señor de negocios muy importante se enamoró de mi hermosa madre y nos llevó con él a Casablanca. Cuidó de mí como si fuera su hija, me educó en los mejores colegios. Gracias a él nuestra vida cambió; si ahora puedo estar comunicándome con usted es porque él me inculcó el aprendizaje de idiomas. Mi lengua natal es el árabe y, ahora, además, hablo español, inglés y francés.

—Y su padre biológico, ¿dónde se encuentra?

—No lo conozco ni sé dónde puede estar, quizá surcando los mares. Lo único que me contó mi madre es que era un marino francés del que se enamoró, pero él la abandonó. Para mí el único padre que tengo es Asad, él me lo ha dado todo y por eso estoy aquí con usted.

—¿Estás aquí por mí?

—Sí. He tenido que interrumpir por unos días mis estudios de medicina porque mi padre me lo pidió. Necesitaban una mujer que hablara español. Señorita, escoja uno de los trajes, su baño se va a enfriar.

—De acuerdo, me pondré el azul.

El baño estaba situado en la primera puerta del pasillo.

—Este cuarto de baño es solo para su uso personal. Dentro de una cesta de mimbre encontrará cosméticos para cuidar y embellecer su piel —me informó abriendo la puerta.

Azulejos de cerámica de color azul cubrían las paredes y el techo. La bañera, situada en el suelo, tipo piscina, estaba llena de espuma de color rosa y su olor me recordaba a las flores silvestres del campo. Al sumergirme en el agua me relajé. Para haber sido retenida a la fuerza me trataban demasiado bien. A mi cabeza regresó la pregunta de qué sería lo que querían de mí. Si lo que buscaban era vengarse por haber desarticulado su organización de estafadores románticos en Abiyán, no cuadraba que me trataran como a una invitada, y tampoco podían pretender que les entregara dinero, pues sabían que no tenía. La única posibilidad de conseguir dinero a mi costa era a través de tía Mati, pero ellos no debían de saber que era rica, sin embargo, sí conocían que mi amiga Raquel lo era y, si intentaban pedir un rescate económico a través de Raquel, estaba perdida; ella nunca les entregaría dinero por mí. Quizá Badra me pudiera ayudar, era una chica amable y parecía sincera. Tenía que ganarme su amistad para conseguir información.

Al salir del baño Badra estaba esperándome.

—¿Le ha sentado bien?

—De maravilla, además, por fin llevo ropa limpia.

—El caftán le sienta muy bien. Deje la ropa sucia en su cuarto, más tarde la llevaré a lavar.

Después de depositar sobre la cama mi maloliente vestuario, me quité las zapatillas de deporte y las guardé en el armario.

—Badra, las zapatillas no las lleve a lavar. Tengo un pie hinchado y no sé si con las babuchas que me ha dejado voy a poder caminar —le advertí con la intención de proteger el móvil para poder llamar en cuanto me dejaran un rato a solas.

—Como usted quiera. Si le parece bien, ahora le puedo enseñar la casa.

Atravesamos el largo pasillo y a su izquierda llegamos hasta un majestuoso salón decorado con motivos arabescos: grandes cojines, piezas de artesanía, candiles. La pared estaba adornada con un mosaico y por grandes espejos con marcos dorados. El suelo estaba cubierto por preciosas alfombras persas. El salón daba a un patio interior rodeado de finas columnas con un amplio capitel que sostenía los arcos adornado con mosaicos dorados y azules. A continuación había otro salón. Era pequeño y acogedor. Contaba con una estantería con libros, un escritorio, una pequeña mesa y varias almohadas de intensos colores colocadas a modo de sofá.

—Esta debe de ser la sala donde se relaja y descansa el señor Abdel.

—La zona del señor Abdel se encuentra en la primera planta.

—¿Y desde dónde se accede? No he visto ninguna escalera.

—Sígame, se la mostraré.

Al salir de la sala, a la izquierda, había otro largo pasillo lleno de puertas. Aproximadamente hacia la mitad se encontraban unas escaleras de madera.

—Por aquí se accede a la primera y segunda planta de la casa.

—Pues sí que están retiradas. El señor Abdel debe de andar mucho para llegar hasta su zona.

—Él sube desde su despacho. Tiene un ascensor privado.

—Ya me parecía extraño tanto lujo sin comodidad. Me gustaría ver la primera planta. ¿Podemos subir?

—Se la enseñaré, pero solo el principio.

Al llegar arriba había otro largo pasillo con varias puertas en forma de arco.

—A este señor, por lo que veo, le encantan los pasillos.

—Esta es la zona de la casa en la que transcurre más tiempo en esta residencia.

—¿Dónde vive habitualmente?

—Tiene varias casas en distintas ciudades, pero donde más tiempo pasa es en Rabat, allí vive su familia. Bajemos, ahora le enseñaré la zona exterior.

La fachada era de color piedra. La longitud de las plantas iba menguando con la altura. Todas las ventanas tenían forma de arco y la puerta de entrada era espectacular. A la izquierda había una piscina rodeada de palmeras en las que se entrelazaban algunas hamacas. La vegetación era exuberante.

—Me encanta esta vivienda, parece un palacete árabe — comenté mientras paseábamos por las inmediaciones de la residencia.

—Lo es. Lo mandó construir para regalárselo a su mujer en su treinta cumpleaños, aunque realmente el único que viene y lo disfruta es él.

—Creo que el cumpleaños solo fue una buena excusa para construirse un palacete en un lugar solitario. Aunque debe de ser un hombre espléndido, no entiendo por qué me trata tan bien, ya que me han traído hasta aquí a la fuerza.

—Quiere que todos los que le rodean se sientan a gusto. La apariencia para él es muy importante.

—Le debe de gustar impresionar, y la finalidad de tanta generosidad debe de tener un objetivo personal; me gustaría saber cuál es el que tiene conmigo. Badra, ¿sabes por qué estoy aquí?

—No lo sé, señorita Paola. Mi padre solo me explicó que tenía que ayudar a su amigo Abdel acompañando a una de sus invitadas en su residencia de Costa de Marfil.

—No soy una invitada, me tienen retenida contra mi voluntad. ¿En qué ciudad nos encontramos? ¿Estamos cerca de Abiyán?

—Estamos en Aboisso, cerca de la frontera con Ghana. Abiyán se encuentra a unas dos horas por carretera con un vehículo rápido.

—Me molesta el pie, necesito reposarlo un rato —comenté sentándome sobre la hierba.

—Descanse el tiempo que necesite, la acompañaré —me dijo sentándose a mi lado.

—Badra, ¿qué hay en la segunda planta del palacete? —le pregunté observando la fachada.

—No he estado nunca allí, pero las sirvientas me han comentado algunas cosas que suceden en esa planta, aunque no sé si será verdad.

—¿Y qué es lo que le han contado?

—A la segunda planta le llaman la zona sexual. Dicen que el señor Abdel celebra fiestas que duran tres días. Vienen hombres muy importantes y mujeres muy hermosas. Hay una habitación que ellas la llaman «la sala de la alegría» porque cuando van a limpiarla salen muy contentas.

—¿Por qué les gusta limpiar esa sala?

—Según me han descrito, en esa habitación hay una gran piscina rodeada de almohadones. En cada esquina hay unos tubos por donde sale humo con olor a menta y especias. Ese humo es lo que les pone alegre. Las sirvientas se pelean por limpiar esa habitación los días de fiesta que es cuando sale ese humo.

—Me parece que las fiestas del señor Abdel deben de ser orgías y, el humo, algún afrodisíaco.

—Yo también pienso que debe tratarse de algún tipo de estupefaciente.

—¿Y celebra muchas fiestas?

—No. Son fiestas muy especiales, solo celebra dos al año.

De repente sentí un nudo en el estómago al pensar que quizá me hubieran traído con la oscura intención de llevarme a su lujuriosa fiesta, de ahí el trato tan correcto que tenían en todo momento conmigo.

—Badra, ¿sabe cuándo es la siguiente fiesta?

—No lo sé, pero si quiere lo consulto.

—Sí, por favor, tengo miedo que me quieran como mercancía para su próximo festejo.

—No piense en ello. El señor Abdel puede ser un hombre libidinoso, pero he observado que la trata muy bien y no hará nada que usted no quiera hacer. Es la hora del almuerzo, debemos entrar.

Badra me llevó hasta la pequeña sala acogedora. Me senté en un puf de piel de camello y, sobre una pequeña mesa plateada, me sirvió la comida.

—¿No se sienta a comer conmigo?

—Comeré cuando usted termine.

Después de almorzar me retiré a mi habitación a descansar un rato. Sobre las cuatro de la tarde Badra me avisó para tomar el té. El resto del día lo pasamos paseando por la extensa propiedad de Abdel y al caer la tarde nos sentamos en la sala acogedora hasta la hora de cenar. Las horas pasaban muy lentas, el sentido del tiempo era diferente al de mi país, todo se lo tomaban con mucha calma, nada que ver al ritmo de vida que llevaba en mi ciudad.

Cuando me fui a dormir pensé en encender el teléfono móvil e intentar mandar un mensaje a tía Mati, pero decidí ser prudente, era la primera noche que iba a pasar sin que me suministraran algún somnífero y, si me descubrían, me volverían a drogar. Necesitaba tener la mente despejada para conocer sus actividades nocturnas.

No podía conciliar el sueño, mi cabeza estaba alerta ante cualquier mínimo ruido. Habría pasado una hora cuando escuché que abrían la puerta de mi habitación, al cabo de unos segundos la volvieron a cerrar. Estaba intranquila, pero logré quedarme dormida hasta que alguien volvió a abrir y cerrar la puerta. Pensé que me vigilarían toda la noche y que debía intentar tranquilizarme y descansar. Me quedé profundamente dormida. Como sonámbula, me levanté de la cama y salí de mi cuarto. Descalza caminé por el pasillo, y sin hacer ruido, entré en la habitación donde me llevó el primer día Roi para presentarme a

Abdel. En un lateral observé un ascensor. Sin pensarlo, guiada por la curiosidad, subí a la segunda planta. El ascensor me llevó hasta un pequeño cuarto completamente vacío con una puerta a la izquierda y otra a la derecha. Primero intenté abrir la puerta izquierda, pero estaba cerrada. A continuación, me dirigí hacía la de la derecha, la cual se abrió con facilidad. Había una enorme habitación con una piscina central rodeada de grandes almohadones. En cada lateral había unos tubos por los que salía humo. Me sentía pletórica y, quitándome el camisón, entré en la piscina. La puerta se abrió y Roi apareció con un minúsculo bañador de color rojo. Sonriendo me miró y, metiéndose en la piscina, se situó a mi lado. La puerta se volvió a abrir. Era Abdel. Con una pequeña toalla atada a su cintura, se colocó a mi otro lado. Me sentía bien, tenía ganas de reír. Abdel llamó a una de sus sirvientas y nos trajo champán. Los tres bebíamos y nos reíamos sin decir ni una sola palabra. La puerta se abrió y entró Quique con el mismo atuendo deportivo que llevaba cuando lo vi en el parque. Se metió en la piscina situándose frente a mí. Su mirada era profunda, pero denotaba tristeza y yo quería pasármelo bien. De repente sentí como la mano de Abdel se posaba en mi muslo izquierdo y a continuación, la de Roi en el derecho. Sonriendo les dije que apartaran sus manos. Quique me miraba como si quisiera decirme algo, pero no lo entendí hasta que un rayo de lucidez iluminó mi mente.

—¡No me toquéis! ¡No me toquéis! —grité angustiada.

—Señorita Paola, ¡despierte!

Al abrir los ojos y ver la cara de Badra sentí un gran alivio.

—Ay, Badra, he tenido una horrible pesadilla. Por favor, no deje que me droguen y me lleven a la sala de la alegría.

—Tranquila, señorita Paola, solo ha sido un mal sueño. Le he traído el desayuno y le he preparado el baño. Después iremos a pasear y se olvidará de la pesadilla.

Pasamos la mañana caminando por las inmediaciones de la residencia.

—Badra, ¿son muy extensos los terrenos de esta propiedad? —le pregunté con la intención de averiguar si era viable escapar de allí.

—Sí. Abarca varios kilómetros y está rodeado por unas vallas con cables eléctricos.

—¿Y dónde está la puerta de acceso?

—Al final del camino de tierra —me contestó señalando la senda que llegaba hasta la casa—. En la puerta de entrada siempre hay un hombre armado para proteger la casa de posibles robos.

—¿Por qué se ha construido un palacete en un sitio tan solitario? ¿A qué se dedica?

—Es un hombre de negocios muy influyente. Tenemos que entrar, es la hora del almuerzo.

El día transcurrió igual que el anterior; almuerzo, descanso, té y paseo por la zona exterior. Sin dejar ningún detalle, le narré cómo había llegado hasta allí. Badra ni se inmutó, parecía que no le importaba lo más mínimo, lo que me resultó contradictorio dada la cercanía y protección que demostraba en algunas ocasiones conmigo. Siempre estaba cerca de mí, y todavía no había encontrado el momento oportuno para encender mi móvil y llamar a tía Mati. Sobre las seis de la tarde observamos llegar a un vehículo hasta la entrada principal de la residencia.

—Badra, vamos a ver quién es —le sugerí comenzando a caminar hacia la puerta principal de la casa.

Percibí cómo salían tres hombres del coche; uno era Roi. Al pasar junto a mí, sin mirarme, me saludó.

—Buenas tardes, Paola —dijo entrando en la casa.

—Buenas tardes, Roi.

—El señor Roi es muy amable con usted —opinó Badra sin dejar de mirarlo hasta que desapareció de nuestra vista.

—Hace unos días lo era, ahora ni siquiera me mira. Hace calor, me apetece tumbarme en una de las hamacas de la piscina.

La piscina la debían de tener como uso decorativo, pues en ningún momento había visto que alguien la utilizara.

—¿El señor Abdel se baña en la piscina? No lo he vuelto a ver desde que lo conocí.

—No se encuentra en la residencia, me han informado que llega esta noche para la reunión.

—Así que esta noche hay una reunión. Badra, ¿preguntó cuándo se va a celebrar la siguiente fiesta?

—Sí, lo consulté. Nunca saben cuándo se va a celebrar, avisan un día antes a las sirvientas para que preparen la segunda planta. Me han comentado que la última fue hace ya mucho tiempo.

—Seguro que Roi es un asiduo a las fiestas. ¿Le parece guapo?

—Es atractivo, pero no es mi tipo de hombre, aunque no me importaría que se fijara en mí.

—En mi sueño llevaba puesto un escueto bañador que no dejaba lugar a la imaginación...

—Un sueño erótico... ¿le sentaba bien?

—Estaba ridículo —respondí riéndome.

Entre risas, mantuvimos una conversación sobre la altivez de algunos hombres y sobre su aspecto físico. Badra me contó que tenía novio. Lo conoció en la facultad y estaban muy enamorados.

—Con el dinero que voy a ganar con este trabajo vamos a realizar un viaje a Londres. Cuando finalicemos los estudios, los dos nos queremos ir allí para cursar alguna especialidad. Nuestro objetivo es trabajar en una ONG para ayudar a los niños de África. Aquí se necesitan muchos médicos.

Cada vez me sentía más unida a Badra. Era una chica amable, sincera y con convicciones. Poco a poco se estaba ganando mi confianza. Si no fuera por ella no sé si hubiera logrado mantenerme cuerda en ese lugar.

El ruido de unos vehículos llamó nuestra atención. Hasta la entrada de la casa llegaron dos camionetas cubiertas por lonas blancas y un todoterreno.

—¿Quiénes son? Pregunté con curiosidad.

—En las camionetas transportan mercancías para la casa, y en el todoterreno va el vigilante.

—¿Qué tipo de mercancía traen? En dos camionetas caben muchas cosas.

—Productos alimenticios, de limpieza...Su ropa la trajeron en una camioneta. Es la forma que utiliza el señor Abdel para que lleguen las cosas que necesita a su residencia.

—¿Y qué contienen esas bolsas? —le pregunté señalando unos enormes sacos que con cuidado metían dentro de la casa.

—Nunca he visto su contenido porque los llevan directamente al sótano y allí no me permiten entrar. Está anocheciendo, entremos en la residencia.

Durante la cena escuché movimiento en la entrada de la casa.

—¿A qué hora es la reunión?

—Debe de estar a punto de comenzar. Me han ordenado que no la acompañe a su habitación hasta que todos estén reunidos.

—Vaya a cenar, Badra. Yo la esperaré aquí.

—De acuerdo, señorita Paola. Seré rápida.

—Cene con tranquilidad. Todavía es temprano y no tengo sueño.

Cuando Badra se retiraba para almorzar o cenar era el único momento que me dejaba sola. Tenía unos minutos antes de que regresara y decidí subir a la primera planta por las escaleras. Caminé por el pasillo hasta que escuché unas voces provenientes de una habitación. Me paré detrás de la puerta y pude distinguir la voz de Abdel hablando en árabe. Ya que había llegado hasta allí, llevada por uno de mis impulsos, entreabrí la puerta con mucho cuidado. Sentados alrededor de una mesa había cinco hombres. Por suerte, excepto uno, estaban de espaldas a mí. Reconocí a Roi y a Abdel, el cual llevaba el peso de la conversación; todos lo miraban y escuchaban atentamente. De repente, el hombre que se encontraba enfrente giró su cabeza hacia la puerta y me vio. Sus profundos ojos verdosos se clavaron en los míos. Sentí un calambre en el estómago y mis piernas se paralizaron. No sabía el porqué, pero mis ojos no podían apartarse de los suyos. Me tenía atrapada con su mirada como si fuera un imán. A mi mente vino la imagen del hombre que estaba en la reunión de Casablanca. Tenía que ser él, era igual, excepto que esta vez llevaba una túnica y turbante de color blanco con franjas plateadas.

La voz de Badra me sacó de mi ensimismamiento. Rápidamente cerré con cuidado la puerta e intentando no hacer ruido bajé las escaleras.

—Pero ¿dónde ha ido? Estaba muy preocupada, la llamaba y no me contestaba.

—Perdone, Badra. Tenía el estómago pesado, necesitaba caminar y se me ocurrió subir las escaleras.

—Usted no puede ir a ningún sitio sin mí y menos a la primera planta —me riñó muy irritada.

—Lo siento, no volverá a ocurrir. ¿Me perdona? Por favor...

—No lo vuelva a hacer. Si necesita algo o se siente mal solo tiene que llamarme —contestó mostrándose fría y distante.

—De acuerdo. No quiero causarle problemas. Si no fuera por usted, no sobreviviría a esta situación.

—La entiendo, pero tengo órdenes que cumplir. Ahora la acompañaré a su dormitorio.

Estaba demasiado turbada como para conciliar el sueño. Por más que lo intentaba no lograba apartar de mi mente a Ojos Verdes; como no sabía su nombre se me ocurrió llamarlo así. Al igual que todas las noches, alguien abrió la puerta de mi habitación y pasados unos segundos la cerró. Al rato escuché las voces de unos hombres. Con curiosidad me levanté de la cama y abrí la puerta. Las voces provenían del salón. Pensé que si iba con cuidado hasta allí volvería a ver a Ojos Verdes y, envuelta en uno de los velos, salí de la habitación. Al llegar al final del pasillo me escondí detrás de la columna y, tapándome la cabeza con el velo, me asomé. Todos los hombres de la reunión estaban allí bebiendo y fumando; él estaba de espaldas a mí. De improviso giró su cabeza y me vio. La primera vez no me había delatado, pero ahora no sabía cómo iba a reaccionar. Aun consciente del peligro que corría, no podía apartar mis ojos de los suyos. Era una atracción que nunca había experimentado. No tenía miedo y, aunque estuviera al descubierto, me sentía oculta, oculta tras su mirada.

Uno de los hombres requirió su atención, y sin hacer ruido regresé a mi habitación. Pensé que era un buen momento para encender el teléfono móvil; mientras estuvieran en el salón, nadie vendría a mi cuarto. Rápidamente lo cogí. No sabía si tendría batería, pero tenía que probar y lo abrí. Después del tercer intento el móvil se encendió, pero no había cobertura. Durante quince minutos lo sostuve entre mis manos con la esperanza de poder enviar un mensaje, pero al comprobar que quedaba poca batería resolví apagarlo e intentarlo de día desde algún lugar del exterior donde la cobertura fuera mayor.

Me acosté con la imagen de Ojos Verdes en mi cabeza y dormí profundamente hasta que los primeros rayos de sol entraron por la ventana. Por primera vez desde que salí de España sentía ganas de arreglarme y estar guapa; me pondría el caftán amarillo. Extrañada, observé un pañuelo blanco que había sobre la mesa; no era mío y no recordaba haberlo visto antes. Al tomarlo entre mis manos noté que había algo en su interior. Con cuidado lo saqué y percibí que se trataba de una pequeña piedra chata sobre la que había dibujado un ojo con el iris de color marrón con una pequeña mancha verde, y a su lado, unas letras en árabe. En ese momento alguien llamó a la puerta; rápidamente escondí la piedra en una de mis zapatillas de deporte.

—Señorita Paola, le traigo el desayuno.

—Pasa, Badra —le dije abriendo la puerta—. Me gustaría que nos tuteáramos, aquí eres mi única amiga.

—Lo siento, pero es el trato que le tengo que dar, es mi trabajo. Quizá en otro momento y en otro lugar, si nos volvemos a encontrar, la trataré como a una amiga. Le he preparado el baño, después iremos a pasear.

—Tengo el pie dolorido, preferiría que nos quedásemos por la zona de la piscina. Me pondré mis zapatillas para comprobar si puedo caminar mejor —le expliqué con la intención de llevar mi móvil al exterior de la residencia.

Durante toda la mañana no tuve la posibilidad de estar sola ni un segundo para encender el teléfono. Badra no se separó de mí ni para ir al baño. Le pedí perdón más de diez veces y, aunque ella lo agradeció, no se apartó de mi lado. Entre nuestras conversaciones, le pregunté si era ella la que por las noches me vigilaba y entraba en la habitación, a lo que me contestó que eran las sirvientas las que de noche se ocupaban de mí. Me pregunté quién habría dejado el pañuelo con la piedra en mi cuarto y qué significado tendría. Quizá Badra lo dejó con la intención de decirme algo, lo que era poco probable dado que había tenido muchas ocasiones de hablar conmigo a solas. Era una mujer que a veces me desconcertaba cuando su actitud cordial y afectuosa se enturbiaba con su frialdad. Sobre las cinco de la tarde, después de tomar el té, Badra insistió en que debía caminar y me llevó hasta un lugar alejado de la casa.

—Tengo que contarle algo —profirió inquieta.

—¿De qué se trata? Debe de ser algo importante, te noto nerviosa.

—Tengo órdenes de llevarle esta noche a su habitación un camisón de encaje rojo y cambiárselo por el que tiene.

—Badra, ¿quién te da las órdenes, Abdel?

—Eso no importa. Lo que me preocupa es que también han ordenado que arreglen hoy una de las habitaciones de la segunda planta. Creo que alguien quiere pasar la noche con usted.

—No puede ser, ¿comienza la fiesta lujuriosa? Me estoy sintiendo muy mal.

—Todavía no les han ordenado que arreglen toda la planta para la fiesta, solo una habitación, aunque las sirvientas piensan que debe de estar a punto de celebrarse por la cantidad de mercancía que están trayendo los últimos días.

—¿Y sabes para quién van a preparar la habitación? ¿Para Roi o para el señor Abdel?

—Eso no lo saben. Ellos ordenan y las sirvientas obedecen sin preguntar.

Me cuestioné quién sería el hombre que quería estar conmigo. El primer candidato era Roi, quizá quisiera estar conmigo a solas antes de compartirme en el temible festejo, o tal vez fuera idea del jefe. Él era el que mandaba y, posiblemente, su correcta y generosa actitud fuera debida a obtener su recompensa con la carne. Aunque también existía otro candidato; Ojos Verdes había visto cómo les espiaba y no me había delatado. La sola idea de pensar que me iban a obligar a estar con uno de ellos me provocó ansiedad.

—Badra, no puedo respirar —le informé con la respiración y el corazón acelerados.

—Tranquilícese, señorita Paola. No permitiré que nadie la lleve a la segunda planta si usted no quiere. La voy a ayudar.

—¿De verdad me vas a ayudar, Badra, o solo lo dices para tranquilizarme?

—Intentaré protegerla. Ahora le voy a preparar unas hierbas que la van a calmar.

No sabía si confiar en ella, pero era la única posibilidad que tenía de salvarme de esa situación y, dejando mi destino en sus manos, me bebí la infusión que me preparó.

—Ya verá como en solo unos minutos se sentirá mucho mejor.

El ruido provocado por la llegada de unos vehículos agudizó mi capacidad de reacción. Pensé que si eran las camionetas podría escapar escondiéndome en alguna de ellas. Mi cuerpo estaba comenzando a relajarse, pero mis neuronas seguían activas.

—Badra, creo que están llegando unos coches. ¿Podemos salir a verlos? Quizá si me entretengo logre sosegarme un poco.

—Si eso va a hacer que se sienta mejor saldremos un momento afuera.

Al igual que el día anterior dos camionetas y un todoterreno aparcaron en las proximidades de la entrada a la residencia. Observé cómo comenzaron a descargar la mercancía y, cuando los hombres la estaban metiendo en la casa, lentamente me aproximé. La puerta posterior del todoterreno se abrió. Me pareció ver salir a un chico que, corriendo, se escondía bajo las lonas de una de las camionetas. Estaba algo mareada y confusa, por lo que dudaba si lo que acababa de percibir era real o no. El conductor del todoterreno salió del vehículo y mirándome fijamente se acercó hasta mí.

—Paola, venga conmigo. La sacaré de aquí —me ordenó agarrándome por el brazo y tirando con fuerza de mí.

—¿Quién es usted? ¿Le han invitado a la fiesta? —pregunté irracionalmente.

—Vamos, no hay tiempo que perder.

La cordura regresó a mi cabeza y, mirando a Badra, le supliqué que me dejara marchar.

—Por favor, déjame ir. Es la única oportunidad que tengo para salir viva o entera de este lugar.

Badra al principio me miró con frialdad, pero después la expresión de su rostro mostró compasión.

—Tiene tres minutos, después avisaré a los hombres.

—Gracias, Badra. Te prometo que te buscaré y te compensaré —le dije apartándome de su lado y siguiendo a mi posible salvador.

Nada más montarnos en el coche el hombre arrancó y a gran velocidad nos alejamos de la propiedad. Cuando llegamos a la puerta de salida, el vigilante que la custodiaba, nos dejó pasar. Al mirar hacia atrás contemplé que las dos camionetas nos perseguían.

—Ya está a salvo, Paola. Las camionetas son demasiado lentas y no nos podrán alcanzar.

—¿Quién es usted? ¿Cómo me ha encontrado? Estoy algo aturdida, debe ser por la infusión que me he tomado.

—Descanse un rato, ahora está en buenas manos.

Me hubiera gustado saber quién era ese hombre, pero me quedé profundamente dormida hasta que un ruido extraño me despertó.

—¿Qué pasa? ¿Dónde estamos?

—Nos han encontrado. ¡Agárrese fuerte! —gritó dando un frenazo.

Ante nosotros dos vehículos nos impidieron el paso. Mi salvador, sacando una pistola, disparó a las ruedas de los coches y aceleró. Al pasar por su lado alguien disparó a las ruedas. Los vehículos estaban inmóviles debido a los pinchazos y comenzaron a tirotear.

—¡Rápido, escóndase!

—¿Cómo nos han localizado?

—Deben de haberle puesto algún chip. Lo más seguro que esté en su ropa.

Una de las balas alcanzó a mi salvador.

—Paola, salga del vehículo y entre en la selva.

—No puedo dejarle solo, está malherido.

—¡Rápido, salga! Aún tengo fuerzas para protegerla, pero no creo que me duren mucho. ¡Salga ya!

Siguiendo sus indicaciones salí del coche y, penetrando en la oscura selva, comencé a correr. El móvil situado en la zapatilla me causaba un gran dolor y me paré para sacarlo. Era de noche y, aunque no veía lo que había a mi alrededor, mis pies se movían a gran velocidad sin atender sobre lo que pisaban. Cuando me alejé de la carretera me detuve a respirar y encendí el móvil con la intención de llamar a tía Mati, pero solo se quedó en una intención. Aunque no hubiera cobertura lo utilizaría para iluminar el camino. El silencio de la noche se mezcló con un sonido lejano que no lograba reconocer. Comencé a correr sin saber a dónde iba a llegar. El ruido cada vez se escuchaba más claro y esta vez lo identifiqué; era el sonido que producía el motor de las motos. Pensé que en pocos minutos me alcanzarían, estaba inquieta, mi mente buscaba una salida y recordé que el hombre que me salvó me había advertido de que en mi ropa podría llevar un chip con el que me localizaban. Rápidamente me quité el caftán y la ropa interior que ellos me habían proporcionado, y los coloqué sobre un árbol. Con las zapatillas de deporte como única vestimenta, empecé a correr en dirección opuesta a donde había dejado mi ropaje. Pasados unos minutos escuché el ruido de las motos como si estuvieran a mi lado. Me paré y, mirando hacia atrás, observé varias luces rastreando la zona. Mis pies continuaron avanzando hasta que ya no pudieron más. Con la escasa luz que proporcionaba el móvil busqué un lugar donde ocultarme. A la derecha había un pequeño arbusto; peinando con mis pies la zona, me tumbé boca abajo tapando mi cuerpo con varias ramas. Seguía escuchando el ruido. Sacando la cabeza de entre las hojas contemplé las luces de las motos dispersas por distintos lugares cercanos a donde se encontraba el caftán. De repente sentí como algo rozaba mi brazo derecho. Iluminando con la linterna del teléfono contemplé cómo una repugnante culebra se deslizaba cerca de mi cuerpo. Sentí la necesidad de gritar y apartarme inmediatamente del sitio, pero por fortuna la luz del móvil la hizo cambiar de dirección. No sabía el tiempo que iba a soportar tumbada, cada vez estaba más convencida de que la situación en la que me encontraba iba a poder conmigo. Al cabo de un rato dejé de oír el ruido de las motos; por fin se habían marchado. Estaba tan cansada que de un momento a otro me iba a quedar dormida y tenía miedo de que otro bicho invadiera mi espacio, aunque mientras tuviera luz, no se atreverían a acercarse. La batería del teléfono se agotó. Ahora estaba indefensa ante la jungla nocturna. Necesitaba desviar mi mente con algo agradable para evitar el miedo. Pensé que, cuando amaneciera, vestiría mi cuerpo con ramas, buscaría la carretera y pediría ayuda. Esa idea me calmó y mis ojos comenzaron a cerrarse. Pero la tranquilidad duró solo unos minutos. El ruido de un vehículo me sobresaltó. Apartando las hojas que cubrían mi cabeza observé como un coche se acercaba directamente al lugar donde me encontraba. Mi corazón latió con fuerza al contemplar cómo se paraba a unos diez metros de donde me hallaba escondida. Alguien bajó del coche y al situarse delante de los faros pude distinguir que se trataba de un hombre.

—Paola, ¿estás por aquí? —preguntó—. No tengas miedo, soy Eric.

Sin saber si se trataba de uno de mis extraños sueños o de una alucinación, apartando las ramas que cubrían mi cuerpo, me incorporé de un salto.

—¿Eric, de verdad eres tú?

—¡Paola! ¡Sí, soy Eric!

Cargada de adrenalina comencé a caminar hacia él.

—¡Paola! ¿Estás bien? Pero ¿dónde está tu ropa?

En ese momento tuve conciencia de que estaba desnuda y, tapando mis partes con las manos, le pedí que se alejara de mí.

—¡Date la vuelta! ¡Rápido, date la vuelta y aléjate de mí!

—Tranquila, tengo los ojos cerrados. No he visto nada —aclaró sonriendo mientras se situaba de espaldas a mí.

—No tengo nada que ponerme, mi vestido lo dejé en un lugar apartado.

—Toma mi camisa —me ofreció Eric mientras se la quitaba.

—Déjala sobre el suelo y, ¡no mires!

Rápidamente me coloqué su camisa blanca y, después de respirar profundamente, le dije que ya se podía volver.

—Eric, ¿eres real?

—Sí, Paola, soy yo. Ya estás a salvo —afirmó dándome un fuerte abrazo.

No pude evitar que las lágrimas salieran de mis ojos como pequeñas cascadas.

—Lo he pasado muy mal, ¡fatal! —prorrumpí llorando.

—Tenemos que irnos de aquí, Paola —me advirtió sujetándome suavemente por la cintura, metiéndome en el coche.

—Estoy muy cansada, Eric. No tengo ni fuerzas para pronunciar palabras —le expliqué sin parar de lagrimar.

—Llorar te vendrá bien, así expulsas todo lo que llevas acumulado dentro —expuso cogiéndome la mano.

—¿Cómo me has podido encontrar en medio de la selva?

—Tienes una tía que es espía y que está muy bien considerada en el MI6.

—Tía Mati, sabía que ella me encontraría. Eric, creo que me voy a quedar dormida —musité cerrando los ojos.

V. GRAND BASSAM

3 de marzo de 2016

Cuando abrí los ojos observé que me hallaba en la cama de una pequeña habitación con las paredes de color blanco y rosa. Al incorporarme sentí un agudo dolor de cabeza. Estaba confusa y no sabía si realmente Eric me había encontrado o había sido una alucinación. Me levanté y, corriendo las cortinas de la ventana, contemplé dos bonitas casas. No sabía dónde estaba, pero me tranquilicé al comprobar que no era la residencia de Abdel. Percibí que sobre una silla había un vestido de color tostado; acto seguido me miré y observé que llevaba puesta la camisa blanca de Eric. Recordé cuando lo conocí en su notaría de Abiyán; nada más verlo me transmitió confianza. Era un hombre educado, culto, con gustos refinados. Me ayudó a localizar a Logan y después me consoló al descubrir la verdad sobre él. Se preocupó mucho por mí, pero como estaba obcecada con el dichoso Logan, cuando me di cuenta de lo maravilloso que era Eric ya era demasiado tarde porque tuve que regresar a España.

Después de colocarme el traje salí de la habitación y lo busqué.

—¿Eric, estás aquí?

Al no obtener repuesta bajé por una empinada escalera de caracol. Era una vivienda antigua, señorial, decorada con buen gusto.

—¿Eric, dónde estás?

En una esquina del salón había una pequeña mesa con varios marcos con fotografías. La mayoría eran de una mujer rubia muy guapa de unos treinta y cinco años y de una niña. No sabía quiénes podrían ser. Me sobresalté al escuchar como alguien estaba abriendo la puerta; rápidamente me escondí detrás de un sillón. El ruido que provocaban las pisadas era fuerte, pensé que debían ser de un hombre. Sacando la cabeza por el lateral, lo vi.

—¿Paola, qué haces ahí escondida?

—¡Eric, eres tú, eres real!

—Soy real, Paola, aunque como me lo sigas preguntando voy a dudar si soy un fantasma. He salido a realizar unas compras y te he traído el desayuno. Anda, acompáñame a la cocina mientras lo preparo.

—¿Dónde estamos, Eric?

—En Grand Bassam, en la residencia de una amiga. Ella vive en Francia, y como solo viene en vacaciones, me dejó sus llaves por si alguna vez quería venir a descansar.

—Debe de ser una mujer muy generosa. ¿Es la que aparece en las fotos?

—Sí. Tómate este zumo, te aportará las energías que necesitas.

—Me gustaría llamar a tía Mati. Debe de estar muy preocupada.

—Ayer por la noche hablé con ella. Ya sabe que estás a salvo. Me ordenó que no la llamáramos; ella se pondrá en contacto con nosotros. También me dijo que te deshicieras de tu teléfono móvil.

—Es su forma de actuar, ella es siempre la que contacta, solo me permite llamarla para casos urgentes ¿Cómo descubrió dónde me hallaba?

—Cuando Mati recibió el mensaje que le enviaste, movilizó de inmediato a un grupo de hombres de la agencia para la que trabaja y ordenó que vigilaran las entradas y salidas a Marruecos.

Al no encontrarte contactó con la comisaría de Abiyán para que buscaran a Roi y me llamó para que avisara a Enam por si sabía dónde hallarlo. Los dos hemos estado yendo a comisaría todos los días para saber de ti. Con las nuevas tecnologías, a través de tu teléfono, podían averiguar la localización exacta del lugar donde te encontrabas, pero no funcionó hasta que encendiste el móvil.

»La primera localización se obtuvo en una zona apartada de la ciudad de Aboisso. Los dos hombres que tu tía había enviado, junto a varios agentes de policía, organizaron rápidamente un plan. Averiguaron que estabas en una de las propiedades de Abdel Samad y que unos camiones iban a llevarle mercancía. Dos agentes vestidos de paisanos fueron hasta las naves desde donde salían las camionetas y, bajo un falso pretexto, lograron que el vigilante encargado de conducir el todoterreno se alejara un rato del vehículo. A continuación, uno de los agentes ocupó su lugar.

—Ese agente fue mi salvador. Realizó a la perfección su cometido, pero nos localizaron a través de un chip que llevaba incrustado en la ropa, por ello cuando me encontraste estaba desnuda. Cuando le alcanzó una bala me pidió que saliera del coche y me metiera en la selva. ¿Cómo se encuentra el agente? ¿Se va a recuperar?

—Está en el hospital. Su estado de salud es grave.

»La segunda localización fue a unos veinte kilómetros de la residencia de Abdel. Mati me llamó para contarme que la policía le había informado de que el agente estaba malherido y que tú estabas perdida en la selva. Dos agentes iban a ir en tu busca, pero tu tía me pidió que también fuera yo porque no se fiaba de nadie. Me mandó la locación exacta y así fue como te encontré.

—Menos mal que encendí el móvil y que aún le quedaba algo de batería, si no, todavía estaría desnuda en medio de la selva.

—Hiciste bien en quitarte la ropa, aunque no sabemos si realmente llevabas un chip o fue un soplo.

—¿Quieres decir que puede haber algún agente que les informe de mis movimientos?

—Es posible. Abdel es un hombre muy poderoso y, donde hay poder y dinero hay corrupción. Mati me pidió que no te llevara a Abiyán, por eso te he traído a Grand Bassam. Cuando termines de desayunar te enseñaré parte ciudad. Te he comprado ropa de baño, espero que sea de tu talla. Quiero llevarte a la playa, después de haber estado encerrada te vendrá bien el contacto con el mar.

El traje de baño que me había comprado me quedaba un poco grande y no era nada afín a mi estilo, como tampoco lo era el conjunto que había elegido para esa ocasión. Roi, sin embargo, había acertado a la primera tanto con mi talla como con mis gustos personales.

Aunque el cielo estaba cubierto de nubes para mí era un día de color azul. Al salir al exterior pude contemplar que nos encontrábamos en una preciosa casa restaurada, típica de la época colonial francesa, rodeada por un extenso jardín.

Eric me llevó hasta la playa. Las olas rompían con fuerza contra la orilla y el viento movía suavemente mi cabello. El contacto con la naturaleza consiguió un efecto relajante en mi organismo, aun así, no conseguía borrar de mi cabeza los acontecimientos vividos los últimos días.

—Lo he pasado muy mal. Ha habido momentos en los que quería dejar de existir. La esperanza de que tía Mati me encontrara era lo que me daba fuerzas.

—Cuéntamelo todo, desahógate conmigo y te sentirás mejor.

Mientras paseábamos por la bonita playa de arena blanca rodeada de cocoteros le narré todo lo que me había sucedido. Llegó un momento en el que no pude evitar derramar unas lágrimas. Eric me tomó de la mano y me sentí mejor. Compartir un suceso con alguien que sabes que te está escuchando y que te va a apoyar, alivia la mente y sana la preocupación. Me sentía cercana a él y, en un acto impulsivo, lo abracé. Durante unos segundos nos mantuvimos enlazados hasta que Eric, con delicadeza, se apartó de mí.

—Te voy a llevar a almorzar a un restaurante que te va a encantar —me comunicó sonriendo.

—¿Comida africana o francesa?

—Sé que prefieres la francesa.

En temas culinarios sí que conocía mis gustos. Era un hombre muy exquisito al que le privaba ir a los mejores restaurantes y en ello sí que se había fijado.

Después de almorzar me propuso enseñarme la ciudad.

—Si prefieres podemos irnos a descansar un rato.

—Me gustaría ver la ciudad, así mantengo mi mente entretenida.

—Perfecto. Primero te llevaré a Ancien Bassam, antiguo asentamiento francés con grandes edificios coloniales, y después iremos a Nouveau Bassam, que nació como el barrio de los sirvientes africanos y ahora es el principal centro comercial de la ciudad.

—¿Estamos cerca de Abiyán? Esta ciudad me parece bastante diferente.

—Está cerca, a unos cuarenta kilómetros. Grand Bassam fue la primera capital colonial de Costa de Marfil. En 2012, Unesco la nombró Patrimonio de la Humanidad. Sus edificios coloniales la diferencian de otras ciudades.

Terminamos la tarde en la zona comercial donde me compré un vestido, zapatos y ropa interior a mi elección. Como me iba a prestar el dinero preferí adquirir solo lo necesario.

Por la noche Eric preparó la cena y después me sirvió una copa.

—¿Cómo les va a Enam y a su madre? —le pregunté interesada.

—Los dos están bien. Enam es un chico muy inteligente y está aprendiendo muy rápido.

—Lástima que todavía no hayan podido localizar a su padre.

—Sí, eso sería estupendo, aunque como se crió solo con su madre es algo que no le preocupa. Creo que le importa más tu bienestar. El chico te aprecia de verdad.

—Es mutuo. Gracias a él descubrí lo que realmente había detrás de Logan; es un chico muy valiente. Tengo muchas ganas de verlo y darle un fuerte abrazo.

—Son cerca de las doce de la noche, es hora de descansar —advirtió Eric levantándose del sofá.

Era la primera noche desde que salí de España que me acostaba sin sentir intranquilidad en mi interior; estaba serena, incluso contenta. Mi mente se había olvidado de lo sufrido, pero mi subconsciente me lo recordó a través de una pesadilla y me desperté gritando.

—¡Dejadme en paz! ¡No me toquéis!

Eric asustado entró en mi dormitorio.

—¿Estás bien? ¿Ha entrado alguien? ¿Te han hecho daño? —me preguntó sin respirar, muy preocupado.

—Estoy bien, ha sido otra de mis pesadillas con la sala de la alegría del palacete de Abdel. Siento haberte despertado.

—No te preocupes por mí. Si quieres puedo dormir a tu lado, así, si vuelves a gritar estaré cerca de ti.

—Eres un cielo. Por favor, quédate a dormir conmigo —le imploré haciéndole un hueco en la cama.

Me quedé dormida abrazada a él, pero por la mañana cuando me desperté ya no estaba a mi lado.

—Buenos días, Paola, te traigo el desayuno —dijo al entrar en el cuarto.

—Gracias, Eric. Es todo un detalle que me lo traigas a la cama. No sé de qué manera, pero te prometo que te voy a compensar por todo lo que me estás ayudando.

—El solo hecho de verte contenta es mi recompensa. ¿Has descansado bien? No volviste a gritar.

—Como un bebé, gracias a que estabas a mi lado.

—Tengo una buena noticia. Esta tarde llega tu tía Mati.

—¿De verdad? —pregunté incorporándome.

—Sí. Hemos quedado a las siete de la tarde en una cafetería. Me ha dicho que viene de incógnito y que ella nos localizará.

—¿De incógnito? Tengo muchas ganas de verla, me conoce muy bien y en todo momento sabe lo que necesito. Es la voz que dirige mis pasos.

—Ella opina que debemos de ser cautos. No sabemos el objetivo de tus captores y a quienes están siguiendo, además, desconfía de la policía y no quiere que se enteren de que está aquí. Es una mujer muy inteligente y sabe bien lo que hace.

—Sí, es la mejor espía que debe tener su agencia, estoy deseando verla.

∞∞∞∞∞∞∞

A las siete en punto de la tarde entramos en la cafetería. En cuestión de segundos mis ojos inspeccionaron a las personas que se encontraban en las cuatro únicas mesas ocupadas: dos matrimonios extranjeros, un señor obeso leyendo la prensa, dos jóvenes tomando café y una señora envuelta en un vestido de algodón de color rojo y verde.

—No debe de haber llegado aún. Sentémonos en esa mesa —propuso Eric señalando una situada al final del local.

Sentí la necesidad de tomar algo dulce y pedí un té a la menta con tarta de chocolate y, Eric, café. Pasados veinte minutos comencé a inquietarme.

—¿Le habrá sucedido algo? ¿La llamamos? —propuse preocupada.

—Habrá sufrido algún retraso su vuelo. Ten paciencia, ya llegará.

—Voy un momento al aseo —dije levantándome de la silla.

Al pasar junto a la mesa donde estaba sentado un señor, este se levantó, y al tropezarnos se cayó el servilletero al suelo.

—Disculpe —me dijo con un tono de voz muy suave.

—No ha sido culpa suya —le contesté sonriendo.

—Se le ha caído esto —me dijo entregándome un sobre.

—¿A mí? —le pregunté observando con detenimiento el sobre sin saber de qué se trataba.

Pero no obtuve respuesta porque el señor ya no se encontraba en la cafetería. Una vez en el aseo, con curiosidad, abrí el sobre. Había una nota y con interés comencé a leer:

«Reúnase conmigo dentro de cinco minutos en la segunda casa de la izquierda».

Rápidamente me dirigí hacía donde se encontraba Eric para mostrársela y, después de pagar la consumición, salimos de la cafetería. Girando hacía la izquierda llegamos al sitio señalado en la nota. El hombre que me la había entregado se encontraba parado al lado de un árbol. Con sigilo nos acercamos hasta él.

—Querida, Paola, soy tía Mati —dijo con un tono de voz diferente al que le había escuchado con anterioridad.

—¿Tía Mati? No sé qué es lo que usted pretende, pero no estoy para bromas.

—¡Mati! ¡Qué buen disfraz! —exclamó Eric emocionado.

—Hola, Eric. Me alegro de verte, aunque después de tanto tiempo me hubiera gustado estar más guapa para esta ocasión.

—¡Tía Mati! ¡Vaya pinta, estás horrible!

—Ya ves de lo que me han servido tantas operaciones de cirugía estética para mantenerme joven —comentó con sarcasmo—. Tenemos que irnos de aquí. Eric, ¿está cerca la casa de tu amiga francesa...? Perdona, no recuerdo su nombre.

—Se llama Margot. Tengo el coche aparcado a unos metros, enseguida llegaremos a su casa.

Nada más entrar en la vivienda de Margot, tía Mati se quitó la peluca.

—¡Qué alivio! No me gusta nada tener que pasar por hombre.

—No me extraña, con lo coqueta que eres...— opinó Eric sonriendo.

—Necesito despojarme de esta indumentaria, ¿dónde está el baño?

—Te acompañaré —se ofreció Eric.

—Tía Mati, tengo muchas ganas de hablar contigo — impetré con la intención de llamar su atención al notar que no me hacía mucho caso.

—En cuanto me ponga cómoda charlaremos, dame unos minutos.

Hacía meses que no se veían y seguían teniendo la misma conexión que percibí el primer día que se conocieron. Eran dos personas con gustos muy similares, se llevaban a la perfección. Pasados quince minutos tía Mati apareció vestida con unas mallas y camiseta negra entallada.

—Menudo cambio, ahora sí que eres tú —comenté dándole un fuerte abrazo.

—Es la ropa que llevo bajo el disfraz; no quiero que nadie sepa que estoy aquí y por ello me he vestido de hombre. He estado muy preocupada por ti, no es justo lo que te ha pasado. La de disgustos que te ha traído el fatídico amor virtual.

—El falso amor de Logan; estaba convencida de que ya se habían olvidado de mí, y de pronto, aparece Roi y me captura.

—Quiero que me cuentes lo que te ha sucedido con todos los pormenores.

Con la excusa de comprar comida para la cena, Eric nos dejó a solas y me explayé sin dejar el más mínimo detalle de todo lo acontecido.

—¿Crees que el objetivo del rapto era para utilizarme en su lujuriosa fiesta?

—No creo que se hayan tomado tantas molestias solo para ello, tiene que haber algo más. Me gustaría saber qué ocultan tus captores, y espero poder descubrirlo.

—Quizá quisieran obtener dinero —expuse.

En ese momento entró Eric cargando con varios paquetes.

—Os voy a preparar unos platos que os van a encantar. Pero necesitaré de vuestra ayuda.

Los tres nos pusimos manos a la obra. Mientras cocinábamos, Eric nos sirvió unas copas de vino. Me sentía en familia; poco a poco, todo lo que me había sucedido se iba convirtiendo en un mal sueño.

Después de cenar nos sentamos en el sofá a tomar una copa. Mati y Eric no paraban de hablar y noté una expresión diferente en la cara de mi tía. Sus ojos estaban fijos en los de Eric y su sonrisa era muy tentadora. En ese instante sentí celos y, sin pararme a pensar, le pregunté por su último novio.

—Tía Mati, ¿qué sabes de Alan? ¿Lo has vuelto a ver? —le pregunté interrumpiendo su amena conversación.

—No he vuelto a saber nada más de él. Como ya te expliqué la agencia aún no lo ha localizado. Paola, sabes que no me gusta hablar de ese tema.

—Lo sé, lo siento —dije arrepentida por habérselo preguntado.

—¿Y tu amiga Raquel? ¿Has hablado últimamente con ella? —me preguntó cambiando de tema.

—Hará aproximadamente un mes. Sigue encaprichada de Fabrice. Por lo visto, de vez en cuando va a verla a Madrid. Ella, después de lo que le ocurrió, no quiere regresar a Abiyán.

—¿Raquel sigue en contacto con Fabrice? —preguntó extrañado Eric.

—Sí, nunca perdieron el contacto. Fabrice le aseguró que no tenía nada que ver con lo que le sucedió en Abiyán. Al principio Raquel se resistió a creerlo, pero él le insistió en que era la mujer de su vida y que para demostrárselo iría a verla. Sin avisar se plantó en su casa de Madrid y ella cedió.

—Pensé que sería un amor pasajero. Con lo mal que lo pasó Raquel no entiendo cómo todavía sigue con ese truhan que lo único que le interesa es su dinero —opinó tía Mati.

—Últimamente lo he visto muy bien acompañado por la hija de un diplomático. Lo siento por Raquel, debe de estar ajena a todas las conquistas de Fabrice —comentó Eric.

—¿Estás seguro de que es una de sus conquistas o solo es una amiga? —pregunté interesada.

—Lo he visto con ella en varias fiestas de sociedad a las que he asistido en Abiyán y te aseguro que no la trataba como a una simple amiga. Dentro de tres días dan un cóctel en la embajada francesa al que tengo que asistir, si quieres me informo del estado de su relación.

—Si ellos van, te agradecería que lo averiguaras.

—En la lista de invitados figuran los dos.

—Tengo que hablar con Raquel, aunque se portó mal conmigo, siento la necesidad de contárselo. Si un hombre me hiciera lo mismo me gustaría que me lo dijeran —comenté.

—Te comprendo, además, deberías consultarle si algún desconocido ha contactado los últimos días con ella. Mañana la llamaremos desde un teléfono público. Te he traído un teléfono móvil nuevo, pero por ahora solo lo podrás utilizar para comunicarte con nosotros dos.

—Gracias, estás en todo.

—Me siento muy a gusto charlando con vosotros, pero estoy cansada. Necesito dormir para reponer fuerzas.

Nos retiramos a dormir. Esa noche no tuve ninguna pesadilla, aunque eché en falta la presencia de Eric junto a mí.

Por la mañana fui con tía Mati de compras y me entregó una tarjeta de crédito para que adquiriera los artículos que necesitara. Al mediodía entramos en un precioso hotel situado a pie de playa con la intención de llamar a Raquel:

—Hola, Raquel. Tengo que contarte algunas cosas.

—¡Paola, cuánto tiempo! Hemos tenido telepatía, hoy pensaba llamarte.

—¿Para qué? ¿Te ha pasado algo?

—Estoy genial, solo quería charlar. ¿Desde dónde me llamas? El número que aparece en la pantalla no es el tuyo.

—Estoy en África. Roi me trajo a la fuerza, pero me escapé y mañana regreso a España.

—¿En África? ¿Te han secuestrado? Estás de broma, ¿verdad?

—No es ninguna broma, lo he pasado muy mal, ya te contaré con detalle en otro momento. Quería preguntarte si has recibido alguna llamada de algún desconocido.

—No, no han intentado secuestrarme, si es lo que te preocupa, y es raro puesto que soy más atractiva y tengo más dinero que tú —expresó sin ningún tipo de tapujo.

—Raquel —continué hablando haciendo caso omiso a sus palabras—, me han contado que Fabrice a menudo va acompañado a determinadas fiestas por una chica.

—¿Ya estás otra vez con tus celos? Te secuestran y lo único que se te ocurre es llamarme para poner mal a mi novio. Él está muy enamorado de mí, chica, qué manía tienes en intentar desmentirlo.

—Bueno, solo quería avisarte. Pasado mañana va con ella a un cóctel que celebran en la embajada francesa, pensaba que te gustaría saberlo.

—No me lo creo, pero lo voy a averiguar, aunque tenga que viajar a Abiyán.

—No serás capaz de venir hasta aquí para comprobarlo... Recuerda lo mal que lo pasaste.

—Odio Abiyán, pero puedo ir protegida. ¿Quién te ha dicho que Fabrice asistirá?

—Eric, él también está invitado y lo ha visto en la lista.

—Tengo que organizarme —dijo colgando el teléfono.

Raquel seguía siendo la misma mujer caprichosa incapaz de reconocer que Fabrice la estaba utilizando.

—Has hecho bien en decirle que regresas a España, así cuando se lo comente a Fabrice se creerán que estás allí. ¿Cómo ha reaccionado Raquel? —preguntó tía Mati con huroneo.

—Quiere venir para comprobar si Fabrice está con la hija del diplomático. Es una locura.

—Esta chica no es capaz de razonar como una persona normal. Si viene es posible que le vuelva a suceder algo. Por la tarde tendrás que volver a llamarla para enterarte de sus planes. Yo debo de regresar a Londres, el vuelo sale a las ocho de la tarde. Pensaba llevarte conmigo, pero si tu amiga viene, te tendrás que quedar unos días más. Ojalá a la insensata de Raquel le entre pánico y no venga. Mi intención era sacarte de África cuanto antes; quiero que te vengas unos días conmigo a Londres.

—Tengo necesidad de salir de África, de escapar y no volver jamás a ver a Roi, pero Raquel conoció a Fabrice por mi culpa y ahora la tengo que ayudar.

—No te culpes por ello, aunque la finalidad del viaje era que conocieras en persona a Logan, ella fue la que te propuso viajar a Abiyán.

Almorzamos con Eric en uno de los restaurantes de la playa y después nos dirigimos al mismo hotel desde donde había telefoneado a Raquel para tomar café y volverla a llamar:

—Hola, Raquel. Te llamo para saber qué has decidido hacer.

—Hola, Paola. Te he llamado al móvil, pero no daba señal. Mañana al mediodía estaré en Abiyán. Ya lo tengo todo organizado.

—Raquel, estoy preocupada por ti. No es conveniente que vengas, acuérdate de lo que te pasó.

—Solo me quedaré un par de días e iré acompañada. He contratado los servicios de un guardaespaldas, estará siempre a mi lado, así no me podrá ocurrir nada malo. Tengo vuelo y hotel reservados. Dentro de una hora tengo cita en la peluquería.

Quiero estar muy guapa para cuando Fabrice me vea en la embajada.

—¿Pretendes asistir al cóctel?

—Por supuesto, aunque no esté invitada, voy ponerme un vestido espectacular con el que no podrán negarme la entrada.

—Raquel, por favor, no vengas a África. Puede ser muy peligroso. ¿Se lo has contado a Fabrice?

—No. Mi idea es darle una sorpresa. Paola, hazme el favor de decirle a Eric que lo veré en el cóctel. Ya sabes lo rápida que soy organizando viajes. Ahora te tengo que dejar —me dijo colgando el teléfono.

—Esta chica no tiene solución, pensé en voz alta.

Preocupada me dirigí hacia la cafetería del hotel y les comuniqué la decisión de Raquel.

—Si pudiera me quedaría, pero tengo un asunto muy importante que resolver en Londres que no puedo posponer —comentó tía Mati—. Paola, te tendrás que quedar unos días más para estar pendiente de tu amiga. Aquí, en Grand Bassam con Eric, estás protegida. En cuanto resuelva un problema vendré a por ti. No quiero que viajes sola, no sabemos si tus captores vigilan los aeropuertos.

Eric insistió en llevar a tía Mati hasta el aeropuerto y me dejaron en casa de Margot. Decían que por mi seguridad debía de permanecer allí. Al quedarme sola la sensación de angustia me visitó. A mi mente comenzaron a llegar algunos de los momentos vividos en la residencia de Abdel; la habitación donde me alojaron, el salón, Badra y... Ojos Verdes. Al pensar en él volví a sentir un calambre en el estómago. Tenía que distraer mi cabeza, olvidarme de lo que había sucedido, borrarlo temporalmente de mi mente como había logrado hacer en otras ocasiones. Tenía que apartar mis pensamientos y se me ocurrió entretenerme preparando la cena para cuando llegara Eric.

Pasadas las nueve de la noche entró en la casa. Al ver la mesa y la cena organizada se alegró.

—Vaya, ¿has cocinado para mí?

—Bueno, son platos fríos, cualquiera los puede hacer, no tiene ningún mérito.

—Pues a mí me provoca mucha ilusión. Hacía tiempo que nadie me preparaba la cena.

—Esto no es nada comparado con todo lo que tú haces por mí.

—Deja ya de agradecerme las cosas, tengo algo de filántropo, va con mi personalidad. Mañana tengo que ir a Abiyán, aunque es domingo, voy a ir a la oficina para organizar unos

107

asuntos pendientes. Me tomé unos días libres para estar con vosotras y, ahora que ya estás mejor, debo poner al día mi trabajo. Saldré muy temprano y espero estar aquí a la hora de almorzar. Intenta no salir mucho de la casa y si lo haces, toma un taxi para desplazarte. Si necesitas algo me llamas enseguida.

—¿Puedo ir contigo a Abiyán? Tengo muchas ganas de ver a Enam y, además, Raquel llega mañana, aunque no sé dónde se va a alojar.

—Es peligroso que vengas, no sabemos si Roi y sus hombres se encuentran en Abiyán.

—Es una ciudad muy grande, no creo que coincida con ellos.

—Lo siento, Paola, no puedes venir. A Raquel la veré en la embajada y le preguntaré dónde se hospeda.

—Me gustaría ir al cóctel contigo, así me ocuparía personalmente de ella.

—No puedes venir. Es por tu seguridad.

—No creo que los hombres de Roi vayan a la embajada, no son tontos y sabrán que ya les habré delatado y no se atreverán a ser vistos en público. Me imagino que la Policía los estará buscando, ¿es así? No he querido hablar de ello porque necesitaba desconectar.

—A Roi lo están buscando, pero a Abdel, no. Hablaron con él y les explicó que eras una invitada de Roi y que los días que permaneciste en su residencia, él no se encontraba allí. Tiene pruebas que lo demuestra, es un hombre muy influyente y sabe que no van a hacer nada que le perjudique.

—¿Cómo te has enterado?

—Mati está en contacto con los agentes que llevan este caso, ella me informó.

—No creo que se atrevan a capturarme otra vez. Por favor, Eric, llévame contigo al cóctel de la embajada —le supliqué.

—Sigo opinando que puede ser peligroso, pero mañana miraré la lista de invitados y, dependiendo de quienes asistan, lo pensaré.

A las once de la noche Eric, bostezando, me dijo que estaba muy cansado y que se retiraba a dormir. Yo no tenía sueño, me hubiera gustado seguir hablando un rato más con él, pero subí a mi cuarto. El hecho de que Raquel viniera a África me tenía alterada y me impedía conciliar el sueño. Necesitaba a Eric cerca de mí, su sola presencia me relajaba. Pensé que si gritaba fingiendo que tenía una pesadilla, él vendría y se acostaría a mi lado, pero eso era una jugada sucia. Si sucediera algo entre nosotros me gustaría que fuera natural, sin forzar. Me pregunté si a él también le apetecería dormir junto a mí. Había notado que se sentía bien conmigo, pero también lo estaba al lado de tía Mati, y la sonrisa de ella cada vez era más tentadora.

Estaría bueno que las dos nos enamorásemos del mismo hombre. Rápidamente retiré ese pensamiento de mi cabeza y, cerrando los ojos, me propuse conciliar el sueño contando ovejitas blancas.

VI. INCÓGNITA

6 de marzo de 2016

Era un día de color azul. A través de la ventana contemplé cómo un radiante sol iluminaba el inmenso cielo. Hacía un calor intenso y, aunque Eric me había advertido de que tomara un taxi para desplazarme, quería ir hasta la playa caminando. Tenía la necesidad de sentirme libre, sin que nadie estuviera a mi lado, ni protegiéndome ni vigilándome.

Como si fuera una turista me detuve a contemplar las antiguas casas coloniales. En otra época debían haber sido espectaculares, pero ahora, aunque conservaban su estructura, la mayoría estaban deterioradas por el transcurso del tiempo.

Al llegar a la playa observé que había muchas más personas que en días anteriores. Era domingo, día de descanso y con el calor que hacía era lógico que acudieran a refrescarse con la brisa del mar. Caminé por la fina arena y con la cámara de mi nuevo teléfono móvil fotografié algunos de los hoteles que se encontraban en primera línea rodeados de cocoteros. Me llamó la atención el hotel, L'Etoile du Sud, y entré a visitarlo.

Después de tomarme un té con hielo llamé a Raquel desde el teléfono público del hotel, pero no daba señal. Tenía que conseguir ir al cóctel de la embajada para verla. Pensé que si me disfrazaba como tía Mati de hombre, quizá Eric me permitiera acompañarlo, para ello debía de adquirir el vestuario apropiado.

En la puerta del hotel se encontraba un taxi estacionado. Rápidamente lo tomé y me llevó hasta la zona comercial. Mi primera idea era buscar un traje chaqueta, pero la única vestimenta arreglada que encontré para hombres era el típico *bubu* que utilizaban para celebraciones importantes. Al entrar en una tienda bastante grande observé que vendían caftanes. Mis ojos me llevaron hasta uno muy llamativo: de color dorado, bordado con hilos de plata, ajustado y con una sola manga, era el traje perfecto para asistir al cóctel. Pensé que con un velo cubriendo mi cabeza tampoco me iban a reconocer e iría más mona que vestida de hombre. Sin mirar ni siquiera el precio compré el caftán y un velo a juego. A continuación entré en una tienda donde vendían productos de belleza. Observé a una señora explicándole a una chica joven cómo utilizar unos polvos para su cabello. No entendía sus palabras, pero por sus gestos comprendí que se trataba de un tinte para el pelo, y deduje que sería henna. En ese momento se me ocurrió que podía realizar otro cambio en mi persona para no ser identificada; cambiaría mi cabello castaño por rubio. Gesticulando, le indiqué a la señora que quería henna para el cabello. Para indicarle que quería teñirlo de rubio señalé un bote de color amarillo que había sobre una estantería y le mostré el caftán que me había comprado para que el color fuera rubio dorado. La señora, asintiendo, me la entregó junto con los utensilios necesarios para su preparación. Estaba contenta, iba a cambiar de imagen y sería más difícil que me reconocieran.

Nada más entrar en casa de Margot me dirigí hacia la cocina y puse a calentar un cazo con agua. Depositando la henna sobre un bol, poco a poco la mezclé con el agua caliente. Una vez lista, subí al baño para aplicármela desde las raíces hasta las puntas, tal como lo había explicado la señora de la tienda. Me quedé unos segundos observando mi melena castaña, en unos minutos sería rubia.

Mientras dejaba reposar la mezcla en mi cabeza bajé a la cocina para preparar la comida. Quería tenerlo todo a punto para cuando llegara Eric. Pasada una hora subí al baño y enjuagué mi cabello, tenía curiosidad por descubrir cómo me sentaría el pelo rubio. Al mirarme en el espejo observé que la tonalidad no era la que esperaba, era un color extraño. Pensé que sería debido a que aún tenía el pelo mojado, así que salí al bonito jardín de la casa con la intención de secármelo al aire libre.

Sentada en un pequeño banco de hierro, me pregunté si la propietaria de la residencia sería solo una amiga de Eric o había algo más entre los dos.

—Paola, ¿qué te has hecho en tu bonito cabello? —me preguntó Eric entrando por la puerta que daba al jardín.

—Hola, Eric. Me he teñido de rubia para que nadie me reconozca. ¿Qué tal te ha ido el día?

—¿De rubia? Yo no le llamaría rubio a la tonalidad de tu pelo…

Rápidamente entré en la casa y, subiendo los escalones de dos en dos, entré en el baño y me miré en el espejo.

—¡Naranja! ¡Mi pelo es de color anaranjado! Pero ¡¿qué tipo de henna me han dado?!

—No te preocupes, si es henna, el color se irá con los lavados —explicó Eric sonriendo entrando en el baño.

—¡Esto no es lo que yo quería! Me siento….fea, rara, ¡ridícula!

—Pues ahora que me fijo bien a mí me gustas más así. Te favorece a la cara y resultas más llamativa que antes. Además, si tu intención era que nadie te pudiera reconocer, creo que lo has logrado.

—Gracias, Eric, aunque sé que lo dices con la intención de animarme.

—Ya te acostumbrarás a tu nueva tonalidad. Anda, vamos a picar algo, estoy hambriento.

Después de almorzar le mostré el vestido que me había comprado y le expliqué la finalidad parar la que lo había adquirido.

—Paola, no sabes cuánto me cuesta decirte que no puedes venir al cóctel de la embajada. Esta mañana me llamó Mati y le consulté si le parecía bien que me acompañaras, a lo que contestó que no debías asistir porque suponía exponerte en público y eso podría ser peligroso.

—Ya, pero eso fue antes de teñirme el pelo y comprarme el traje para la ocasión. Tía Mati se disfraza para pasar desapercibida, ella lo entenderá.

—Pero esto es un acto oficial, allí la gente no va disfrazada. He mirado la lista de asistentes y la mayoría son europeos o marfileños. Para estos eventos los hombres tenemos que ir de etiqueta y la mujer con traje largo.

—Perfecto, el traje me llega hasta los tobillos.

—No estamos en el norte de África, aquí las señoras llevan vestidos europeos. ¿Cómo voy a ir acompañado de una mujer vestida con un caftán y cubierta con un velo? Llamarías mucho la atención.

—Y además, con el pelo naranja… Lo entiendo, no sería una buena acompañante para ti. Aunque no vaya al cóctel, podría ir contigo a Abiyán para ver a Enam.

—Ya tendrás tiempo de verlo. ¿Te apetece dar un paseo? —preguntó cambiando de tema.

Pasamos la tarde caminando por la ciudad. Eric me habló de la satisfacción que le provocaba su trabajo como notario, de sus próximos objetivos y de que estaba a punto de asociarse con una empresa del norte de España para exportar productos de Costa de Marfil. Era un hombre emprendedor, con una gran capacidad para los negocios y ello cubría el setenta por ciento de su tiempo, lo que le dejaba poco espacio para el amor.

Nada más terminar de cenar me comentó que estaba cansado y necesitaba dormir. Cuando me acosté, pensé que quizá no era la mujer adecuada para Eric. Él necesitaba a una persona muy culta y refinada a su lado, y yo, aunque era asesora financiera, no creía que cumpliera sus expectativas.

Me desperté temprano con la intención de convencerlo para que me llevara con él a Abiyán. Sobre la mesa observé un pañuelo blanco que no había visto antes. Con curiosidad lo cogí. La impresión que me causó el ver lo que se encontraba en su interior hizo temblar todo mi cuerpo. Era una piedra chata igual que la que dejaron en mi habitación en la residencia de Abdel con la única diferencia de que esta vez habían dibujado un círculo azul. Asustada, salí del dormitorio.

—¡Eric, Eric! —grité buscando su protección.

—Estoy abajo, Paola.

Descalza corrí hasta llegar a la cocina.

—Buenos días, Paola. ¿Has tenido otra pesadilla? Entre los pelos naranja y la cara de susto que traes te pareces a la niña del exorcista…

—¡Mira esto! Estaba dentro de un pañuelo en la mesa de mi cuarto —le enseñé entregándole la piedra.

—Tranquilízate y explícate mejor. ¿Quieres decir que esta piedra estaba en tu cuarto? Lo más seguro es que pertenezca a la hija de Margot, es su habitación.

—La piedra estaba dentro de un pañuelo que no estaba antes allí. Alguien la ha tenido que poner por la noche. En la residencia de Abdel me pasó lo mismo, pero había dibujado un ojo y en esta un círculo.

—Círculo azul...—musitó Eric observando con detenimiento el dibujo.

—¿Tiene algún significado? ¿Puedes pronunciarlo en francés? Al decirlo tú me ha sonado familiar.

—*Le cercle bleu.*

—Creo que son las palabras que expresó el hombre que entró en casa de Roi, aunque no estoy segura.

—Es extraño, si te la has encontrado esta mañana, alguien tuvo que entrar para dejarla sobre tu mesa. La casa estaba bien cerrada, si hubieran entrado o forzado la puerta o ventanas me habría enterado.

—Llevo dos días durmiendo con la ventana abierta, hace tanto calor que necesito que entre algo de aire fresco. ¿Quién habrá dejado la piedra y por qué? El círculo y el ojo tienen que significar algo... ¿Qué puede ser?

—Alguien sabe que estás aquí. Recoge tus cosas, te vienes conmigo para Abiyán.

VII. EL CÓCTEL

7 de marzo de 2016

La expresión del rostro de Eric denotaba desasosiego. Durante el trayecto apenas habló. Estaba tan sumergido en sus pensamientos que no atendía a mis innumerables preguntas y opté por callarme. Unos kilómetros antes de llegar a Abiyán, por fin salió de su mundo y me habló.

—Paola, tengo que contarte algo. Llevo todo el viaje dándole vueltas a la cabeza y al final he decidido que tengo que decírtelo.

—Sabía que te pasaba algo, pero no quería interrumpir más tu silencio.

—Se trata de Enam. Lleva desaparecido desde el día que te rescataron. No te lo hemos contado para no preocuparte, además, pensábamos que lo encontrarían rápido, pero no ha sido así.

119

—¿Mi Enam ha desaparecido? ¿Qué le ha pasado? ¿Dónde puede estar?

—No lo sabemos. La policía lleva varios días buscándolo. Ayer me llamaron, parece ser que tienen una pista; nos han pedido a su madre y a mí que vayamos hoy a comisaría. Hemos quedado en reunirnos con el inspector que lleva el caso a las once de la mañana.

—¡Pobre Enam! ¿Habrá sido por mi culpa? Puede que lo haya capturado Roi.

—Roi no sabe que lo conoces, no creen que sea él.

—Quiero ir contigo a comisaría.

—Sí, vendrás conmigo. Además, quiero que un agente te acompañe durante el tiempo que estés aquí. Tendrás que salir de este país cuanto antes.

—No puedo marcharme sin saber qué es lo que le ha ocurrido a Enam.

—Paola, tu situación es complicada. Hablaré con Mati para que te vayas a Londres con ella.

—No pienso moverme de Abiyán hasta que encuentren a Enam —expuse con rotundidad.

Eric aparcó el vehículo en el garaje y subimos a su apartamento. Nada más entrar recordé el mal rato que le hice pasar por culpa de Logan.

—Ya conoces mi casa. Puedes dejar tus cosas en la misma habitación donde te quedaste la última vez. ¿Te acuerdas?

—Sí, no he podido borrar de mi mente aquel fatídico día, todavía siento vergüenza.

—Tenías motivos suficientes para tomarte unas copas de más. Olvida el incidente, pertenece al pasado y hay que vivir y preocuparse solo por el presente. Deja las bolsas en tu cuarto, tenemos que irnos ya.

La madre de Enam nos estaba esperando en la puerta de entrada de la comisaría. Estaba destrozada, su hijo era lo principal en su vida. Subimos a la tercera planta y entramos en el despacho del inspector encargado del caso, Damien Allard. Para mi sorpresa hablaba español, y por deferencia mantuvo la conversación en mi idioma.

—Me alegro de verlos, y en especial a usted, señorita Paola. Sé que lo ha pasado mal, pero ya está a salvo. Quiero hablar con usted, pero ahora les he reunido para contarles lo último que hemos averiguado sobre Enam. Es solo un indicio, pero existe la posibilidad de que nos lleve hasta él.

—¿Sabe dónde está mi hijo? ¿Se encuentra bien?

—Aún no podemos afirmarlo, para ello tendremos que ir al lugar donde creemos que se puede hallar. Hace unos días un agente nos informó de que el día de los hechos vio a un joven en nuestros aparcamientos, pero cuando se acercó para interrogarle ya no estaba. Puede tratarse solo de una casualidad, pero nos llamó la atención que coincidiera con la fecha y hora aproximada en la que nuestros agentes fueron a rescatar a Paola. Pensamos que Enam podría ser el chico al que vio el agente y que se metiera en el coche patrulla sin que ellos se dieran cuenta.

—Enam aprecia mucho a Paola, es posible que se escondiera en el vehículo para ir en su busca —opinó la madre.

—Yo pienso igual, además, los dos sabíamos cuál era el plan para rescatar a Paola —expuso Eric.

—Guiados por esta pequeña posibilidad, hemos investigado el itinerario que realizaron ese día las camionetas, si es que Enam iba en alguna de ellas. Creemos que cuando el agente cambió de vehículo se subió a una de ellas.

—No, no fue así —interrumpí al divisar una imagen en mi mente—. El día que me salvaron, llegaron dos camionetas y un todoterreno. Recuerdo que poco antes de que el agente se bajara del vehículo, creí ver a un chico salir de la puerta trasera y subirse a la parte posterior de una de las camionetas cubierta por una lona blanca. Esa tarde me habían dado una infusión de hierbas que me produjo un efecto sedante o algo parecido y no sabía si era o no real lo que había visto.

—Era real, todo encaja. Enam se escondió primero en el coche patrulla de los agentes que tenían encomendada la tarea de rescatarla, luego se introdujo en el todoterreno y después en la camioneta. Chico listo, nadie lo vio, y la debe de apreciar mucho.

—Pobre Enam. Todo ha sido por mi culpa, me siento fatal.

—No se culpe. Es un joven intrépido al que le gusta ayudar —me explicó la madre de Enam.

—Gracias, sus palabras alivian mi carga. ¿Y dónde está Enam?

—Después de la residencia del señor Abdel Samad el siguiente destino de las camionetas fue al campamento «Sourire Blanc», un hogar para niños sin familia. Por lo que sabemos, descargaron la mercancía y regresaron al punto de salida. Pensamos que Enam puede encontrarse allí.

—¿Por qué va a estar mi hijo en un campamento para niños sin familia? Él me tiene a mí, y si terminó allí, seguro que hablaría con alguien para poder regresar a casa.

—Eso también nos lo hemos cuestionado, pero hasta que no vayamos no obtendremos la respuesta.

—¿Y por qué no han ido ya a comprobarlo? —preguntó la madre de Enam.

—Tenemos un plan, pero nos falta una pieza. Hemos averiguado que un matrimonio que vende uniformes para niños tenía previsto ir mañana a ese campamento. Nos hemos puesto en contacto con ellos y les hemos ofrecido dinero para ir en su lugar. El problema es que nos falta la mujer; el agente ya está designado, pero en el cuerpo andamos escasos de féminas y nos está costando trabajo dar con una que se preste a ello. Si hoy no la encontramos, mañana el agente irá solo al campamento.

—¿ A quién pertenece el campamento? ¿A alguna ONG? —preguntó Eric.

—Es todo un misterio, nadie sabe quién es el propietario, pero no pertenece a ninguna organización pública. El único dato que nos consta es que un benefactor aporta el capital necesario para la manutención de los niños. Como es una obra benéfica se puede acoger a la privacidad de sus datos.

—Lo que no entiendo es por qué tiene que fingir el agente que vende uniformes. ¿No es más fácil que se identifique como policía? —pregunté.

—Como usted dice, eso sería lo fácil, el problema es que no sabemos quién está al frente del campamento y por qué Enam no ha podido salir de allí. Un agente podría presentarse con una orden de registro y comprobar si se encuentra Enam, pero creemos que es más eficaz el ocultar nuestra identidad, así se abrirán con más facilidad y tendremos más posibilidades de localizarlo. Está usted en África, señorita Paola. No quiero entretenedlos más tiempo. Les mantendré informados —dijo levantándose de la mesa, tendiéndonos la mano.

—Si fuera posible, quisiera que un agente de su entera confianza acompañe a Paola hasta que regrese a su país. Después de lo que le ha sucedido necesita protección. También me gustaría tener una conversación con usted en privado, cuando disponga de tiempo —le pidió Eric.

—No hay problema, estoy de acuerdo, Paola dispondrá de un agente. Por favor, esperen unos minutos que realice las gestiones pertinentes —dijo saliendo del despacho.

Pasados un rato el inspector apareció acompañado de un policía.

—Es difícil encontrar a un agente que hable su idioma, pero tengo entendido que domina la lengua inglesa —me consultó.

—Así es, habló perfectamente el inglés.

—Bien. Le presento al agente Afrani Ari. Él la acompañará y protegerá.

—Gracias —expresé mi gratitud dándole la mano a mi nuevo protector.

Al salir de comisaría nos despedimos de la madre de Enam. Eric tenía que ir a su oficina y me dejó sola con mi protector hasta la hora del almuerzo. El agente no tendría más de veintitrés años y me daba la impresión de que era su primera misión. Le expliqué que me gustaría ir de compras al barrio de Le Plateau, allí estaban las mejores tiendas y quería adquirir una serie de productos. Con una simple afirmación me condujo hasta los aparcamientos. Para mi sorpresa, ofreciéndome un casco, me indicó que me montara en una motocicleta 2.6 SUV.

El barrio de Le Plateau seguía igual que en mis borrosos recuerdos; tiendas de lujo, grandes edificios, bancos...Lo primero que compré fue un diccionario de español-francés en una librería. A continuación, entré en una *boutique* de lujo y adquirí un traje típico africano; amplio, de algodón en colores vivos y un hiyab para cubrir mi melena coloreada. Al salir me fijé que en la acera de enfrente había una perfumería. Mirando a mi protector le indiqué que quería ir hasta allí.

Casi todos los productos eran de marcas internacionales muy conocidas. Me sentía como en casa; compré maquillaje y polvos para la cara del color más oscuro que encontré. El pobre agente tenía que estar cansado con tanta visita a las tiendas, quizá pensara que la protección que le habían encomendado sería más interesante y seguro que no se esperaba que lo llevara de compras. Era un joven reservado. Su expresión era seria; solo hablaba cuando yo le preguntaba y a todo me decía que sí. Paseando por una de las avenidas observé en un escaparate una preciosa pamela de color naranja. Sin pensarlo dos veces, entré y me la compré. El agente me advirtió de que era la hora en la que habíamos quedado con Eric para almorzar en un restaurante francés al lado de su oficina. Como estábamos cerca, me sugirió que podíamos llegar caminando y, recogiendo mi melena, me coloqué mi flamante pamela.

Eric estaba sentado en una mesa situada al lado de una ventana. Cuando nos vio alzó la mano y sonrió.

—Bonita pamela, la has elegido del mismo color que tu cabello.

—Sí, es grande, me tapa el pelo y parte de la cara, así pasaré desapercibida.

—¿Desapercibida? Nada más entrar todos los que están en el restaurante se han girado para mirarte —comentó Eric sin dejar de sonreír.

—Es que la pamela es preciosa —comenté con ironía sentándome a su lado.

—Se me ha ocurrido una idea para que puedas asistir al cóctel de la embajada, y para ello, le he comprado un traje al agente Ari —dijo mostrándonos una bolsa—. He pensado que podéis asistir como si fuerais los hijos de un cliente árabe. Diré que habéis llegado hoy y que me he visto en el compromiso de llevaros conmigo. Estaréis solo un rato, el tiempo suficiente para que me ayudes a controlar a tu amiga Raquel, si aparece. Llevarás puesto el caftán dorado y el velo. No podrás hablar con nadie, les informaré de que solo habláis árabe y te portarás correctamente; tú eres una mujer muy educada, me refiero a que no tomarás alcohol, ya he comprobado los efectos que te pueden causar. Paola, este evento es muy importante para mí por negocios y no me fío de que tu amiga la pueda liar.

—Gracias, Eric. Te prometo que seré la mujer más correcta de África. Pero tengo una duda. Si Raquel acude al cóctel, ¿puedo hablar con ella?

—No debe saber que eres tú.

—Entonces, te tendrás que encargar de averiguar dónde se hospeda.

—Lo haré. Ahora voy a explicárselo en francés al agente, espero que esté de acuerdo.

Mientras le narraba su plan, observé como la expresión de la cara de mi protector iba cambiando por minutos y, cuando Eric le mostró el traje que debía de ponerse para asistir al cóctel, pensé que iba a salir corriendo y renunciar a esta misión, aunque tuviera que abandonar su incipiente carrera de policía. Sin embargo, sin objetar nada, asintió.

Después de almorzar Eric se marchó para su oficina. Quedamos en vernos en su apartamento sobre las cinco y media de la tarde, hora en la que deberíamos estar ya arreglados para llegar puntuales al cóctel.

El caftán me quedaba muy bien, y con el velo cubriendo mi cabeza no parecía que fuese yo. Sin embargo, al agente le quedaba un poco grande su traje. Tomando los imperdibles que sujetaban las etiquetas de la vestimenta, intenté disimularlo lo mejor que pude. Eric tenía muchas cualidades, pero el tallaje no era lo suyo.

A las seis en punto de la tarde entramos en un amplio salón. Varios hombres se acercaron a saludar a Eric; siguiendo las normas del protocolo nos presentó. Como si fuera a pintar un cuadro, contemplé detenidamente a los asistentes; las mujeres vestían bonitos trajes largos, los hombres traje ejecutivo o esmoquin, como Eric—estaba guapísimo—. En el lateral derecho, acompañado por una mujer de unos treinta años, se hallaba Fabrice. Morena con el pelo rizado, vestía un estiloso traje color beige. Era mona, pero Raquel le superaba con creces. Después de que Eric nos presentara a la mayoría de los invitados nos indicó que nos sentáramos en unas sillas situadas cerca de donde se encontraba Fabrice y, dejándonos solos, se dirigió hacia un grupo de hombres. Era un acto en el que reinaba la elegancia, la educación y la sobriedad. Una señora mayor se sentó a mi lado; mirándome fijamente comenzó a hablar. Sonriendo, gesticulé indicándole que no entendía su idioma, pero ella, hablando más despacio y con tono alto, insistió. Por suerte otra señora se sentó a su lado y, entablando con ella una conversación, me dejó tranquila. Notaba cómo todos los asistentes nos miraban disimuladamente de reojo, para ellos éramos la novedad, hasta que llegó Raquel. Acompañada por el que debía de ser su guardaespaldas entró en el salón. Erguida y con seguridad se dirigió hasta el lugar donde se encontraba Eric. Todos los hombres, dejando sus importantes asuntos, se volvieron a mirarla. Iba espectacular con un traje largo ceñido al cuerpo de color rojo y unos pendientes de brillantes a juego con el collar. Eric la saludó y, presentándola al grupo de hombres con el que se encontraba, mantuvieron una conversación que no duró más de dos minutos. A partir de ahí todo sucedió muy rápido.

Raquel divisó a Fabrice justo en el momento en el que le acariciaba la mejilla a su acompañante. Acto seguido tomó una copa de Moët & Chandon y, con paso firme, se dirigió hacia donde estaba Fabrice. Colocándose frente a él vertió el champán sobre su rubia cabellera. No pronunció una sola palabra, se giró y, mirando hacia el frente, se encaminó hacia la puerta. Eric me miró y disimuladamente me indicó que me levantara; acercándose hasta mí, me susurró que no le había dado tiempo a preguntarle a Raquel dónde se alojaba y que debíamos salir rápidamente en su busca; él les diría a los invitados que nos habíamos tenido que marchar porque me encontraba mal.

Al salir de la embajada miramos hacia nuestro alrededor, pero no la localizamos. Pensé que quizá se hospedaba en el mismo hotel que la otra vez, por lo que le pedí al agente que me llevara hasta allí.

Nada más entrar en el hotel recordé el día que por primera vez conocí a Logan en persona. Me senté en un sofá situado a la derecha del *hall* esperando su llegada; estaba muy nerviosa, cuando lo vi comencé a temblar. No podía ni imaginar en ese momento lo que averigüé de él después de ese romántico encuentro. En unos segundos mi mente regresó al presente y me dirigí a recepción. Pregunté si se alojaba allí Raquel y, mirando la información en el ordenador, el recepcionista lo confirmó.

—¿Podría darle el aviso de que su amiga Paola se encuentra en el *hall*?

Observé cómo el recepcionista realizaba una llamada y después de pronunciar unas palabras colgaba el teléfono.

—La señorita Raquel me ha dicho que la espere. Enseguida bajará.

Me senté en un sofá junto a la puerta. El agente seguía con su expresión seria y distante, pero hacía todo lo que yo le pedía. Le pregunté sobre dónde se encontraba el campamento de niños y si sabía cómo llegar. Tomando uno de los folletos turísticos sobre Abiyán, dibujando una especie de mapa, me lo explicó.

Raquel apareció con un vestido blanco de lino. Observé que miraba a todas partes hasta que el recepcionista le señaló dónde me hallaba.

—¿Paola, eres tú?

—Hola, Raquel —la saludé dándole un abrazo—. Voy así vestida para que no me reconozcan Roi y sus hombres.

—Qué vestido más original, ¿dónde te lo has comprado? ¿Te importa que me compre uno igual? Seguro que no coincidiremos con él en ningún evento, aunque yo no me pondría ese velo.

—Lo adquirí en una tienda de Grand Bassam; te pilla un poco lejos para ir de compras.

—¿Qué le pasa a tu pelo? ¡Es naranja! —observó al retirarme el velo—. Ya que te lo has teñido podías haber escogido un tono pelirrojo más bonito, el que llevas no te pega nada, es...vulgar.

—Raquel te he visto en el cóctel, ¿cómo te encuentras? —le pregunté sin querer darle explicaciones sobre mi cabello.

—Estoy muy enfadada con el granuja de Fabrice. Me alegro de que estés aquí, así tengo alguien con quién desahogarme. Pensaba que ya estarías en España...

—Me he quedado por ti, estaba preocupada. Ha sido una locura que regreses a Abiyán, espero que ya te hayas dado cuenta de cómo es Fabrice y vuelvas a España.

—Sigo pensando que está loco por mí. No entiendo qué es lo que ha visto en esa chica delgaducha, aunque puede que solo sea una buena amiga. Yo soy mucho más guapa que ella —expresó derramando unas lágrimas.

—Le das mil vueltas a ella y a él. Por eso debes de olvidarlo, ya encontrarás a otro hombre con el que ilusionarte y que no sea tan problemático.

—¿Quién es el árabe con el que estás?

—Es el agente Afrani Ari —le respondí presentándoselo—. Me acompaña a todas partes donde voy para protegerme.

—Vaya, las dos de nuevo en Abiyán y con guardaespaldas —comentó observándolo—. Está sonando mi teléfono, voy a ver quién es.

Raquel se apartó de nuestro lado unos segundos. Cuando regresó estaba sonriendo.

—Era Fabrice. Quiere verme, me ha dicho que tiene que hablar conmigo. Por lo visto la chica con la que estaba es la hija de un conocido suyo.

—Raquel, por favor, no te creas más las mentiras de Fabrice.

—Tengo que arreglarme. Cuando hable con él te llamaré.

—Mi teléfono no funciona. Llama a Eric y me pondré en contacto contigo —le dije apuntando el número sobre un papel—. Prométeme que lo llamarás.

—¡Prometido! —gritó alejándose hacia los ascensores.

Al salir del hotel le pedí al agente que me llevara a comisaria. Tenía una idea que rondaba por mi cabeza y quería llevarla a cabo.

El inspector Damien Allard nos recibió en su despacho.

—Qué sorpresa, no esperaba verla y menos con ese llamativo caftán. Y usted, agente Ari, ¿qué hace así vestido?

—Él no tiene la culpa, se lo propuso Eric para que me pudiera acompañar al cóctel en la embajada francesa sin ser reconocida.

—¿Ha pasado algo? —preguntó el inspector preocupado.

—No. Estoy aquí porque quiero ayudar a localizar a Enam. Usted nos informó de que le hacía falta una mujer para ir mañana al campamento y vengo a ofrecerme. Yo iré con el agente, me haré pasar por su mujer.

—De ninguna manera lo permitiré. Esta tarde ha estado aquí la madre de Enam y también se ha ofrecido para lo mismo. Al igual que a ella le niego la participación en este caso.

—Inspector, sé cómo llegar al campamento y pienso ir a buscar a Enam ya sea con el agente o sola. Ese chico se escondió en un coche patrulla para ir a buscarme. Ahora soy yo la que lo tengo que encontrar.

—Por lo que veo está dispuesta a ir. ¿No tiene miedo después de lo que le ha ocurrido?

—Sí, claro que tengo miedo. Cada paso que doy por esta ciudad me asusta, pero estoy decidida a participar en su plan.

—Es usted una mujer con las ideas claras y estoy seguro de que no voy a poder lograr que cambie de opinión. Antes de que vaya sola a buscarlo prefiero que forme parte de nuestro plan. El agente asignado para este caso no habla su idioma, y eso es un problema. Señorita Paola, va a hacer que tengamos que cambiar lo que tenemos organizado, es usted un fastidio.

—Pensaba que se iba a alegrar de que les ayudara, conmigo ya pueden poner en marcha su objetivo. ¿No necesitaban un matrimonio? No pretendo ser un fastidio, mi intención es colaborar.

—Perdone si ha interpretado mal mis palabras, agradezco su ayuda, pero piense que para nosotros es una preocupación más. Déjeme pensar un momento.

El inspector, encendiendo su ordenador, se quedó callado durante unos minutos.

—Bien. Lo primero que debe de hacer es comprar un atuendo adecuado, y a estas horas el comercio ya habrá cerrado. No puede ir vestida de esa manera.

—Me he comprado un traje típico africano y llevaré cubierto mi cabello con un pañuelo. Además, me pintaré la cara de color oscuro.

—Veo que lo tiene todo preparado...No hace falta que se pinte la piel de negro, pero sí sería conveniente que oscureciera su tono. Se hará pasar por la mujer de un comerciante y no hablará ni una sola palabra en español. Dejará en todo momento el peso de la conversación al agente encargado. Hará todo lo que él le indique. Usted se ocupará de observar si Enam se encuentra en el campamento. Hágalo de una forma discreta y nunca se aparte de su supuesto marido. Si ve al chico, no se le vaya a ocurrir llamarlo ni abrazarlo. Esta operación es solo para localizarlo. Si se encuentra allí, ya mandaremos a una patrulla para que vaya a buscarlo. Y por último, no podrá llevar su teléfono móvil. ¿Lo ha comprendido todo?

—Sí, inspector. Obedeceré al agente en todo momento, no les defraudaré.

—Voy a estar muy preocupado, espero que todo salga bien. Es usted una mujer muy valiente.

—¿A qué hora tienen previsto salir?

—A las seis de la mañana el agente la recogerá en la puerta de la casa de Eric. Debe contárselo, si todo va bien, por la tarde estará de vuelta.

—Gracias, inspector.

Al salir de la comisaria el agente Afrani Ari me llevó hasta la casa de Eric y después se marchó.

El inspector pensaba que era valiente, pero no lo era. Si a Enam le sucediera algo por mi culpa, estaba segura de que no iba a poder vivir con ello, me perseguiría como una sombra el resto de mi vida. Al menos, tenía que intentar encontrarlo, tanto por ayudarlo como para tranquilizar mi conciencia. Tenía miedo, estaba muy asustada, aunque en todo momento procuraba ocultarlo; tras el velo, tras la pamela, tras el vestuario podía disfrazar mi identidad, pero no lograba sentirme libre, invisible para el mundo, protegida de mis temores.

Cuando estaba sola las imágenes de lo vivido aparecían en mi mente como escenas de una película. La angustia me volvió a visitar, necesitaba distraer mis temerosos pensamientos. Cogí el diccionario y comencé a leer. Hace años, después de aprender inglés, me di cuenta de que se me daban bien los idiomas y me propuse estudiar francés o alemán, decantándome por este último. Si hubiera aprendido francés mi estancia en este país sería mucho más fácil, pero cómo iba a saber que en un futuro necesitaría hablarlo. Fue una elección aleatoria y no siempre se acierta con la resolución que se toma.

Eric llegó pasadas las doce de la noche.

—Hola, Paola, ¿estás bien? Vengo un poco indispuesto, he tomado unas copas de más. Después del cóctel continuamos la fiesta en un bar. Negocios, negocios y más negocios. Necesito descansar. Esta noche no soy un buen acompañante —comentó trabándosele un poco la lengua.

—No te preocupes. Estoy bien, yo también estoy cansada.

Era la primera vez que veía a Eric algo ebrio y hasta me hacía gracia. En su estado no me atreví a contarle mis próximos planes, aunque creo que tampoco se los hubiera comentado estando sereno. Sabía que no me iba a dejar ir al campamento y no quería entablar una discusión que no llegaría a ninguna parte.

VIII. EL CAMPAMENTO

8 de marzo de 2016

N ada más escuchar el primer aviso de la alarma de mi teléfono móvil la apagué para no despertar a Eric. Eran las cinco de la mañana, tenía el tiempo suficiente para pintarme y vestirme. Como único equipaje llevaría en una bolsa el diccionario y las pinturas por si necesitaba retocar el oscuro color que le había dado a mi piel. Sentía que estaba traicionando la confianza que había establecido con Eric y resolví escribirle una nota:

«Eric, sé que las palabras que vas a leer no van a ser de tu agrado y espero que puedas comprender que no te lo haya consultado. Ayer le propuse al inspector Damien Allard el participar en el plan que tenían tramado para encontrar a Enam. En cierta forma lo coaccioné para que permitiera hacerme pasar por la mujer del agente que va a ir en su busca. Me siento culpable por la desaparición de Enam y necesito hacer algo para encontrarlo, se lo debo. No te preocupes por mí, si todo va bien por la tarde estaré de nuevo en tu casa. Paola».

Dejando la nota sobre la mesa del salón, sin hacer el mínimo ruido, salí del apartamento.

Un vehículo situado enfrente de la calle apagó y encendió sus luces. Al acercarme me llevé una grata sorpresa.

—Inspector, ¿qué hace usted aquí? —le pregunté a través de la ventana.

—Suba al coche. Nos queda un largo camino hasta llegar al campamento.

—¿Usted es el agente encargado de esta operación?

—Ha habido un cambio de planes. Como he sido yo el que ha aprobado su participación en este caso he creído conveniente ser su acompañante, así me quedo más tranquilo. A partir de este momento somos un matrimonio que se dedica a la venta de prendas para los niños.

—No sabe la alegría y serenidad que me aporta el que sea usted mi supuesto marido, además de porque ya le conozco, el hecho de que hable mi idioma me beneficia.

—Le he preparado unas frases en francés para que se las estudie durante el trayecto. Son básicas y al lado verá su traducción al español —dijo entregándome unos papeles.

—Debe de haber más de veinte folios, no pretenderá que me lo aprenda todo en una sola mañana...

—Todo, todo..., no, pero las primeras frases son muy importantes para la conversación que vamos a mantener. Aunque usted no puede hablar, debe aprenderlas por si fuera necesario. Me he llevado casi toda la noche preparándolas.

—Siento ser una molestia para usted, espero que mi presencia al menos sea productiva.

—Usted no me molesta, es mi trabajo, solo lo complica un poco más de la cuenta.

Tomando los folios entre mis manos comencé a leer en voz alta. El inspector corregía cada palabra que articulaba hasta que conseguí aprender el sonido de la pronunciación.

—Es usted una mujer inteligente, aprende rápido.

—Los idiomas se me dan bastante bien. Una vez que dominas uno, el resto resultan más fáciles.

—Paola, me gustaría hacerle algunas preguntas sobre su estancia en la residencia de Abdel Samad.

—Preferiría no hablar ahora de ello. Intento olvidar para seguir adelante. Si no le importa, le contaré todo lo que necesite saber cuando regresemos. Tengo miedo que la sensación de angustia se apodere otra vez de mí y no pueda realizar bien este cometido.

—La comprendo, ya hablaremos de ello en otro momento.

—Hay algo que me tiene intrigada que sí que le quiero contar. En la residencia de Abdel alguien dejó sobre la mesa de mi cuarto una piedra chata en la que había dibujado un ojo marrón con una pequeña mancha verde y, en la habitación que ocupaba en la casa donde me alojé en Grand Bassam, dejaron otra piedra en la que había dibujado un círculo azul. ¿Tiene algún significado?

—Curioso...Un ojo y un círculo. No sé qué sentido tendrá. ¿Había algo más?

—Junto al ojo había dibujado una palabra que no entendí.

—¿Tiene las piedras?

—La primera la escondí en una zapatilla, pero debí perderla al huir por la selva. La piedra con el círculo azul la tiene Eric.

—Cuando encontremos a Enam, lo investigaré. Es extraño, puede que pretendieran asustarla o tal vez... ¿Tiene alguna idea de quién pudo dejar las piedras?

—No. De la única persona que dudé fue de Badra. Pensé que quizá quisiera decirme algo, pero la descarté porque siempre estaba a mi lado, y si quería hablar conmigo lo hubiera hecho en cualquier momento.

—¿Quién es Badra?

—Una joven que contrató el señor Abdel para que me acompañara durante mi estancia en su residencia. Su padre es amigo de él y la eligió porque sabía hablar mi idioma. Gracias a ella mantuve la cordura los días que pasé allí.

—¿Sabe cómo localizarla?

—Lo único que sé es que vive en Casablanca y estudia Medicina.

—Con esos datos nos resultará fácil dar con ella. Estamos llegando —informó torciendo a la derecha tomando un camino de tierra color rojizo.

—Qué de baches —comenté sintiendo el movimiento del todoterreno.

—Sí, vamos por una pista. Son carreteras de tierra para llegar hasta poblados o viviendas apartadas en medio de la selva.

Al final del camino había una casa de dos plantas.

—El campamento. Con suerte estará aquí Enam. Recuerde: no debe hablar y menos en español, y si ve al muchacho no se acerque a él.

Después de aparcar el coche cerca de la entrada de la casa, sacamos la bolsa que contenía los uniformes. Un señor, de unos cuarenta años, salió a nuestro encuentro. Nada más preguntarnos si éramos los vendedores nos invitó a entrar. El hombre nos llevó hasta una pequeña sala donde mantuvo una extensa conversación con mi supuesto marido de la que solo entendí unas cuatro palabras. Pasada más de una hora se marchó.

—¿Qué le ha contado? —aproveché para preguntarle en voz baja.

—Es el nuevo director del campamento, lleva solo tres meses aquí. Cada dos años cambian de director y de personal. Es un hombre afable y se preocupa por el bienestar de los niños. Me ha dicho que tenemos que esperar a que venga el encargado para negociar sobre los uniformes. Debería de haber llegado por la mañana temprano. Ahora ha salido un momento para realizar una llamada.

—¿Le ha preguntado si han llegado chicos nuevos al campamento los últimos días?

—Todavía no. Me ha contado que las edades de los niños están comprendidas entre los cinco y doce años, pero que también hay dos de tres años, y cuatro de entre trece y quince. Se lo he consultado con el pretexto de saber sus tallas para los uniformes.

—Bien hecho. Escuche, parece que viene alguien.

Un hombre entró en la sala portando una bandeja que contenía una tetera. Amablemente nos sirvió dos tazas. Al cabo de un rato entró el director y, después de pronunciar unas palabras, nos acompañó hasta la puerta principal donde un señor nos estaba esperando. Observé cómo el inspector lo seguía y me situé a su lado. El hombre a la vez que hablaba indicaba con la mano los lugares por donde íbamos pasando, por lo que deduje que nos estaba enseñando el campamento. Detrás de la casa principal había varias casitas de barro redondas, un pequeño campo de fútbol y algunos columpios, pero no se veía a ningún niño. Era un sitio tranquilo, agradable. Después de mostrarnos el lugar nos llevó de nuevo a la sala dejándonos solos.

—¿Qué ha dicho? —pregunté con curiosidad.

—Nada interesante. En las casitas duermen los niños. Esta mañana se han marchado a realizar una excursión por la selva y no llegarán hasta la noche.

—Entonces, ¿cómo vamos a averiguar si está aquí Enam?

—No lo sé, ya se me ocurrirá algo.

Un hombre vestido con una túnica de color beige entró con un carrito que contenía platos de comida. Agradeciéndole el detalle nos dispusimos a comer.

—¿No hay mujeres en este sitio? Todos los que nos atienden son hombres.

—La mayoría del servicio doméstico en nuestro país son hombres, les llamamos boys.

El director entró y el inspector, indicándome que me quedara, salió con él. Hacía calor y sin querer me quedé dormida.

Cuando el inspector me despertó estaba atardeciendo. Me explicó que había estado visitando los alrededores de la zona en un *jeep*, pero no había visto a los niños. El director le había comentado que no había logrado hablar con el encargado y le propuso que nos fuéramos y regresáramos mañana, pero que, con la intención de localizar a Enam, le pidió el favor de quedarnos a dormir.

—Pasaremos aquí la noche, así comprobaremos si está Enam.

Nos llevaron hasta una de las casitas; contaba con dos pequeñas camas y una mesa de estudio. El inspector se fue a inspeccionar los alrededores de la casa y yo me quedé estudiando francés. Sobre las diez de la noche escuché voces de niños. Pensé que estarían llegando de la excursión y rápidamente salí al exterior. Los chicos, saludándome, pasaron junto a mí. Sonriendo les devolví el saludo. En total eran veintiocho, pero entre ellos no se encontraba Enam. Decepcionada entré en la casa y retomé mis estudios hasta cerca de las doce de la noche. Extrañada porque el inspector no hubiera llegado aún, abrí la puerta con la idea de salir a buscarlo, pero la volví a cerrar. Le había prometido que me portaría bien, así que decidí esperarlo pacientemente hasta que me pudo el sueño.

IX. JÓVENES SOLDADOS

9 de marzo de 2016

Las alegres voces de los niños lograron que me despertara con una sonrisa. Incorporándome, miré hacia la otra cama y me tranquilizó el ver al inspector.

—Buenos días, inspector, ¿a qué hora llegó ayer? —pregunté despertándolo.

—Buenos días, Paola. El director me invitó a cenar y luego nos tomamos unas copas de licor de palma. Perdone que no la avisara.

—No tiene importancia. ¿Ha averiguado algo? Ayer vi a los niños y Enam no estaba entre ellos.

—Lo sé. Los vi a todos cuando estaban cenando. Uno de los trabajadores del campamento me contó que hace unos días llegaron unos chicos nuevos. Los más pequeños se quedaron aquí y a los otros se los llevaron. Me ha dicho que es posible que se encuentren en la granja de un poblado cercano donde mandan a alguno de los mayores a trabajar. Hoy por la mañana me va a llevar.

—Es usted un estupendo inspector de Policía.

—Gracias, Paola, solo intento cumplir lo mejor posible con mi trabajo. Debe de tener hambre, ayer no cenó. Iremos a la casa principal para desayunar.

—Parece que ha hecho buenas amistades con el director.

—Es un hombre muy amable y le agrada tener compañía.

Después de desayunar el director vino a saludarnos y se sentó con nosotros. Ya iba captando alguna de las palabras que pronunciaban, pero todavía me resultaba imposible seguir una conversación en francés. Un boy avisó al director de que tenía una visita. Aprovechando el momento, mi supuesto marido me informó de que iba a venir uno de los hombres que trabajan para el encargado para que le mostráramos los uniformes, y saliendo de la sala, se fue a buscarlos a la casita donde los había dejado.

Al cabo de un rato nos reunimos en una pequeña sala con un señor de semblante serio. El inspector comenzó a enseñarle los uniformes y a continuación, mantuvieron una conversación que en pocos minutos se convirtió en discusión. Al final entrelazaron sus manos sonriendo.

El inspector, indicándome que me levantara, me llevó hasta una esquina.

—Hemos llegado a un acuerdo sobre el precio de los uniformes. Pero hay un problema: el dinero solo lo puede entregar el encargado y hoy se encuentra visitando otro campamento. Me ha pedido que lo acompañemos hasta allí para cobrar.

—¿Y cuál es el problema? Podemos ir, cobrar y comprobar si Enam está allí.

—Ya, pero si nos vamos no podré visitar la granja donde posiblemente se encuentre el chico.

—Ahora comprendo. ¿Y si voy yo con el hombre a por el dinero y usted se va a la granja?

—No quiero dejarla sola, pero es la única manera que tenemos de comprobar si en alguno de los dos sitios está Enam. Voy a realizarle unas preguntas y, dependiendo de su respuesta, decidiremos qué hacer.

El hombre hablaba tan rápido que me resultaba imposible entenderlo.

—Al campamento al que hay que ir se llega en menos de una hora. Ayub me ha prometido que él la llevará y luego la volverá a traer. A lo sumo estará fuera tres horas. ¿Qué le parece?

—Iré, así podrá ir usted a la granja.

—Bien. Ya sabe que no debe de hablar. Cuando le entreguen el dinero, Ayub la traerá. No lo cuente, no importa lo que le den, eso es lo de menos. Intente comprobar si el chico está allí, pero no se arriesgue. Vaya tranquila, en el caso de que no regrese por la tarde, yo mismo iré a buscarla.

Montada en un destartalado Mehari me dirigía hacia un nuevo destino donde quizá se encontrara Enam.

Ayub conducía muy rápido, al igual que los vehículos que circulaban por la carretera. Me llamó la atención la cantidad de camiones que transportaban grandes troncos de árboles. Una camioneta cargada de personas y animales nos adelantó tocando el claxon y Ayub sonriendo los saludó.

A través de un camino de tierra color rojizo llegamos hasta una cancela de hierro custodiada por un hombre. Después de realizar unas preguntas, la abrió y nos dejó pasar. Al final de un estrecho sendero había una casa similar a la del otro campamento.

Ayub me condujo hasta una pequeña sala donde se encontraban dos señoras. Amablemente las saludé y les pregunté si también se encontraban allí para cobrar. Una de ellas, viendo que mi francés no era muy fluido, hablando muy despacio, me explicó que el encargado no había llegado todavía y que teníamos que esperarlo si queríamos recibir dinero. Las horas pasaban y no llegaba nadie. El calor que hacía era sofocante y, por necesidad, salí de la sala para pedir un poco de agua. Un hombre paró mis pasos obligándome a entrar de nuevo; suplicando le pedí agua. El tiempo transcurría muy despacio, las señoras no hablaban y del mismo aburrimiento me quedé dormida.

Por la tarde un señor entró en la sala y explicó algo que no entendí. Las señoras lo siguieron y yo hice lo mismo. Saliendo al exterior nos llevó hasta unas pequeñas casas redondas de barro con los techos cubiertos de palma que se encontraban detrás de la casa principal y, abriendo la puerta de una de ellas, nos indicó que entráramos. Le pregunté al hombre por Ayub, pero no obtuve respuesta alguna. La casa era muy pequeña; lo único que contenía eran varios almohadones sobre el suelo. Las señoras, eligiendo los suyos, se tumbaron. Les pregunté por qué nos habían traído allí y una de ellas me explicó que el encargado no llegaría hasta mañana, por lo que nos habían dado la opción de irnos o quedarnos. Ellas habían preferido quedarse y yo, sin saberlo, también había tomado esa resolución. No me gustaba el trato que nos estaban dando, ni siquiera nos habían ofrecido un simple té. Tenía sed y salí con la intención de pedir agua. Frente a la casa observé a unas señoras jugando con unos críos. Sus vestimentas eran de colores muy vivos, al igual que la de los pequeños. Era una estampa muy alegre, me hubiera gustado fotografiarla. Sin dudarlo me acerqué y, con una pésima pronunciación francesa, les pedí un poco de agua. Todas sonrieron al verme; una de ellas vestida con un traje de color verde me ofreció una botella. Agradecida me tome casi la mitad, estaba deshidratada. Cuando se la devolví me indicó que me la quedara y me pidió que me sentara a su lado.

—Me llamo Paola, ¿y usted? —pregunté en francés.

—Shaira.

La señora pronunciando unas palabras que desconocía tomó mi mano derecha entre las suyas y cerró los ojos. Al cabo de unos segundos los volvió a abrir y, mirándome fijamente, comenzó a hablar. No la comprendía, pero por su semblante tenía que estar diciéndome algo muy serio. Al observar que no reaccionaba, comenzó a repetir las mismas palabras una y otra vez hasta que por fin entendí lo que trataba de decirme: «ten cuidado, el peligro llama al peligro». Desabrochándose un largo collar de color naranja, sacó una de las piedras y me la entregó.

—Llévala siempre conmigo, así el peligro solo te rozará.

—Shaira, ¿ha visto en mis manos algo sobre el amor? —le pregunté para aprovechar la oportunidad que tenía al estar hablando con una posible vidente.

La expresión de su cara cambió y sonrió, pero cuando iba a comenzar a decirme algo, un hombre se acercó pronunciando unas palabras. Shaira me indicó que debía de marcharme.

—Ama, aunque te equivoques. Escucha y sigue a tu corazón —profirió mientras me alejaba.

Al entrar en la casa les ofrecí agua a las señoras e intenté mantener una conversación para entretenerme, lo que resultó inútil.

Pasadas unas horas escuché el ruido de un vehículo. Pensando que podría ser el inspector salí a buscarlo. Estaba atardeciendo y, aunque no había nadie por la zona, preferí ser cauta e ir hacia la entrada pegada a la pared de la casa principal. Cuando llegué observé a cuatro hombres vestidos con túnicas largas que entraban en la casa. Me desilusioné al comprobar que ninguno era el inspector y me pregunté por qué no había acudido ya a buscarme. Con sigilo me situé en la entrada de la puerta; contemplé como los cuatro hombres saludaban afablemente a otro. Aprovechando que estaba sola inspeccioné la zona como lo haría el inspector. Había anochecido, pero del techo de la casa salían unos focos de luces que iluminaban los alrededores. Me dirigí hacia la zona de las casas de barro y al no ver a nadie entré en la mía. Las señoras estaban durmiendo. Tumbándome sobre los dos almohadones que me habían dejado intenté conciliar el sueño. Unas voces lejanas provenientes del exterior despertaron mi curiosidad. Eran voces joviales, parecía que estaban cantando. Pensé que se podía tratar de los niños y, siguiendo el sonido, sin hacer ruido, salí y me introduje en la selva. Las voces cada vez se escuchaban más próximas. Acercándome un poco más observé a un grupo de hombres que dirigían el paso de unos jóvenes. Impulsivamente me aproximé y contemplé que, tanto los hombres como los jóvenes, llevaban algo entre sus manos, era una especie de palo. Retrocediendo hasta el lugar por donde había llegado, me escondí detrás de un árbol a esperarlos. La luz de un foco los iluminó y estupefacta comprobé que lo que llevaban en sus manos eran rifles. Parecía un ejército de jóvenes. Asustada me giré con la idea de salir corriendo de allí, pero algo hizo que me quedara inmóvil en el lugar donde me encontraba. A tan solo unos pasos de mí estaba él. Su mirada se clavó en la mía y por unos momentos me sentí oculta. No escuchaba las voces de los niños, no temía al ejército; nadie me podía ver mientras él me mirara. Estaba a salvo del mundo, no tenía miedo: solo existía su mirada. Ojos Verdes avanzó unos pasos hasta situarse tan cerca de mí que podía sentir su corazón. Su cara rozó mi mejilla izquierda y creyendo que me iba a besar, cerré mis ojos, pero no ocurrió nada. Cuando los abrí ya se había marchado y la magia de su mirada desapareció. Escuché como el ejército juvenil se acercaba hasta donde me encontraba; corriendo sin parar me refugié en la casa que nos habían asignado. Me tumbé sobre los almohadones, estaba temblando; por miedo y por deseo. No sabía qué tenía ese hombre para provocar en mí esa sensación. Con su mirada hacía que me sintiera invisible para los demás, a salvo del mundo que me rodeaba. Con la emoción no me había parado a pensar que quizá no me hubiera reconocido vestida de africana, pero mi corazón me decía que sí. El destino nos había vuelto a reunir y, esta vez no había ingerido ninguna extraña infusión de hierbas africanas que me indujera a pensar que era una alucinación; en todo el día lo único que había tomado era agua. La imagen de los jóvenes portando rifles me había impactado, eran todavía unos niños para formar parte de un ejército, aunque también podría ser que los hubieran llevado de excursión, y las armas que portaban eran para aprender a cazar. Esa idea me tranquilizó ante la posibilidad de que Enam se encontrara entre ellos. De repente, el ruido del crujir de la puerta me apartó de mis pensamientos.

—¿Inspector? —pregunté con la esperanza de que fuera él la persona que la estaba abriendo.

Nadie contestó y quién fuera la cerró. Me pregunté por qué el inspector no había venido a buscarme. Para serenarme opté por creer que la piedra naranja que me había entregado Shaira me protegería ante cualquier peligro.

Con la imagen de Ojos Verdes en mi mente me quedé dormida.

X. REGRESO

10 de marzo de 2016

A primera hora de la mañana, dos boys entraron en la casa de barro donde me encontraba, voceando unas palabras que no entendí. Las señoras se levantaron y los siguieron. Pensé que el encargado nos estaría esperando, e incorporándome, me dirigí hacia la puerta con la intención de salir tras ellos, pero uno de los hombres me lo impidió. Estaba inquieta, incómoda en un lugar donde no entendía a nadie y en el que el trato humano dejaba mucho que desear. Al cabo de una hora un hombre vino a buscarme y, sin decir una sola palabra, me condujo hasta la entrada de la casa principal. Un señor, situado delante de un *jeep* de color naranja, me saludó con la mano y me indicó que me acercara. Llevaba gafas de sol, no sabía quién podría ser.

—Buenos días, Paola. Soy el agente Toiré. El inspector Damien Allard me ha encargado que venga a buscarla —me explicó en inglés.

—Por fin...Estaba ya desesperada y muy preocupada.

—Suba al coche, nos vamos de aquí.

—Tengo hambre y sed, ¿no tendrá usted algo de comer?

—Tome —dijo dándome una botella de agua y un par de galletas.

—Me gustaría tomar un té con tostadas —propuse sonriendo.

—Lo siento, es todo lo que le puedo ofrecer —me dijo arrancando el vehículo.

Al llegar a la cancela el vigilante abrió la puerta y salimos de ese inhóspito lugar.

—¿Le ha pasado algo al inspector? ¿Por qué no vino ayer a por mí?

—Se le complicaron las cosas. Me llamó esta mañana para que viniera a por usted, y antes tuve que informarme de cómo llegar hasta este lugar. He venido lo más rápido que he podido.

—Se lo agradezco. ¿Le explicó por qué no podía venir él?

—Por lo visto, cuando fue a visitar una granja se estropeó el vehículo. Es lo único que me comentó.

—Tengo ganas de verlo y de que me cuente lo que ha averiguado. Estoy deseando llegar al campamento.

—No vamos al campamento. El inspector me ha ordenado que la lleve directamente para Abiyán.

—Me parece bien. Eric se alegrará de verme.

El agente Toiré era un hombre agradable e intentaba darme conversación. De vez en cuando tomaba su *walkie-talkie* y conversaba con alguien.

—Tenemos que desviarnos unos kilómetros. Me han encargado que realice una visita antes de ir a Abiyán. Solo serán unos minutos.

Tomando una pista de tierra rojiza nos adentramos en la selva. Pasados unos cinco kilómetros llegamos a la parte posterior de una residencia. La cancela estaba cerrada y, rodeando la extensa propiedad por un estrello camino de piedras, llegamos hasta otra entrada. El agente se bajó del vehículo y, después de hablar con el vigilante, nos abrió la puerta. El lugar me resultaba familiar, pero no lo reconocí hasta que al final del sendero se divisó el palacete del señor Abdel Samad.

—¡Pare el coche! —grité con todas mis fuerzas.

—¿Qué ocurre? —preguntó dando un frenazo.

—Es la residencia del señor Abdel. No puedo ir allí, hace unos días me tuvieron retenida a la fuerza. ¡Vámonos de aquí!

—Tranquilícese. Dejaré el coche aquí estacionado y llegaré hasta la casa caminando. Aquí no la podrán ver, además, va vestida de africana y nadie la reconocerá. Le prometo que no tardaré más de veinte minutos. Enseguida nos iremos de aquí. Si apareciera alguien o algún coche, escóndase y tápese con esta manta.

—Tengo miedo, estoy temblando.

—Iré corriendo para llegar antes. No se preocupe, no le va a pasar nada —intentó tranquilizarme mientras se peinaba con las manos el pelo.

Quitándose las gafas se miró en el espejo retrovisor, me daba la sensación de que quería estar guapo para alguien.

—Enseguida regreso —dijo mirándome a los ojos saliendo del coche.

Era la primera vez que lo veía sin gafas de sol y, cuando me miró, pude observar que en uno de sus ojos de color marrón tenía una pequeña mancha verde. Enseguida lo asocié con la piedra que contenía el dibujo de un ojo marrón con una mancha verde. Podía estar relacionado o quizá solo fuera casualidad, pero estaba demasiado nerviosa como para pensar con claridad y sacar alguna conclusión razonable.

El tiempo pasaba y el agente no aparecía. De improvisó contemplé como tres hombres se acercaban al vehículo. No sé cómo no los había visto antes, solo había cerrado los ojos unos segundos para secarme el sudor de mi frente. Tal como me había sugerido el agente Toiré, me escondí bajo el asiento y me cubrí con la manta. Escuchaba el sonido de sus pisadas, se estaban aproximando. Me propuse conservar la calma, tenía que mantenerme quieta y no hacer ningún tipo de ruido. Oí como palpaban el coche y después se reían. De golpe, alguien tiró de la manta quedándome al descubierto. Escondí la cabeza entre mis piernas. Los escuchaba hablar y reír, pero no cambié de posición hasta que entre dos hombres me sacaron del *jeep*.

—¡Soltadme! ¡Brutos, soltadme! —gritaba a la vez que les golpeaba con los pies.

Uno de los hombres me agarró y, como si fuese un saco, me llevó sobre su espalda hasta la temida y odiada residencia de Abdel Samad.

Horrorizada, contemplaba cómo me acarreaban por las distintas zonas de la vivienda hasta que me introdujeron en una pequeña habitación y la cerraron con llave.

—¡Agente Toiré! ¡Socorro, estoy aquí! —grité una y otra vez.

Una serie de imágenes comenzaron a colapsar mi mente: Roi y sus hombres, el burka, la sala de la alegría...Todos los recuerdos querían salir a la vez y yo me esforzaba por retenerlos en un rincón escondido en mi cerebro. La cabeza comenzó a dolerme y, agarrándola con fuerzas entre mis manos, grité:

—¡No soporto este lugar!¡Quiero irme de aquí!

El hombre que me había traído sobre su espalda entró en la habitación y, colocándome un pañuelo sobre la nariz, en cuestión de segundos me quedé inconsciente.

∞∞∞∞∞∞

Las voces de unas señoras hablando en francés me despertaron. Por un momento perdí el sentido del tiempo. Después de dejar una bandeja con varios platos de comida y una tetera sobre una mesa se marcharon. Estaba hambrienta, llevaba más de un día casi sin probar bocado; con ansias devoré todo lo que me habían traído. Después de tomar dos tazas de té quedé saciada. Pensé en la posibilidad de volver a gritar para intentar que el agente me encontrara, pero eso había provocado que me adormecieran y, como había podido comprobar con anterioridad, si me portaba bien no me suministrarían ninguna sustancia. Debía mantener mi mente despierta, no podía perder el control para poder escapar de allí; una vez lo había logrado y ahora también lo iba a conseguir. No sabía si es que estaba inmunizándome a las situaciones complicadas o estaba convirtiéndome en una mujer valiente, pues sentía una tranquilidad que no era normal.

Dos sirvientas entraron en el cuarto y me indicaron que las siguiera. Caminando por un pasillo llegamos hasta las escaleras.

—¿Dónde vamos? —les pregunté al observar que comenzaban a subir.

—A su habitación. Se encuentra en la segunda planta.

Era consciente de que me encontraba en la residencia de Abdel y que me estaban llevando a la zona sexual, sin embargo, no podía negarme a nada. Automáticamente hacía todo lo que me pedían. Aunque sabía que podía ser debido a que hubieran mezclado en la comida o bebida alguna extraña sustancia, mi mente seguía las órdenes que me daban sin ni siquiera intentar gritar o escapar.

Me llevaron hasta una bonita habitación. Sobre una amplia cama contemplé un vestido de gasa semitransparente de color negro. Las sirvientas me indicaron que entrara en el baño. En el suelo había una gran bañera cubierta de espuma; desnudándome, lentamente me metí. Me sentía bien, la única sensación rara que tenía era un leve picor de ojos que provocaba que lo viese todo borroso. Pasados unos veinte minutos una de las sirvientas trajo el vestido negro y me ordenó que me lo pusiera. Obedeciendo, me lo coloqué. Acto seguido me sentaron en una silla frente al espejo del baño y peinaron mi cabello con un original recogido. Una vez arreglado comenzaron a maquillar mi cara. Debía de estar guapa, pero mis ojos seguían viéndolo todo algo turbio.

—*Belle* —comentaron entre ellas.

Saliendo de la habitación me condujeron por un pasillo hasta una puerta, y después de llamar, se marcharon dejándome sola.

—Bienvenida, Paola, la estábamos esperando —me saludó Abdel al abrir la puerta invitándome a pasar.

Después de situarme encima de una pequeña tarima de madera se acercó hasta un grupo de cinco hombres que se encontraban sentados en una mesa. Lo veía todo borroso, pero pude distinguir a Roi. Los hombres charlaban entre ellos a la vez que me contemplaban. Cuando comenzó a sonar una canción árabe todos se callaron.

—Paola, baila para nosotros —me ordenó Abdel.

Siguiendo sus instrucciones comencé a mover las caderas al ritmo de la música. Todos me miraban y comenzaron a hablar de dinero. Escuchaba su conversación, pero no tenía capacidad de razonar, solo de obedecer. Era una mujer sumisa, dispuesta a acatar todo lo que me ordenaran.

Roi pronunció una cifra y, a continuación, todos le estrecharon la mano. Habían llegado a un acuerdo, lo sabía porque utilizaban las mismas palabras que cuando vendimos los uniformes. Roi estaba contento, parecía que había ganado algo. Aunque la canción se terminó, yo seguía bailando.

Llamaron a la puerta. Un señor entró y se dirigió hasta donde se encontraba Abdel. Después de susurrarle algo al oído se marchó y entró otro hombre. Abdel lo recibió dándole un fuerte apretón de manos. Situándose de espaldas hacia el lugar donde me encontraba pude oír que hablaban otra vez de dinero. Abdel me señaló y el hombre se giró para contemplarme. Un sudor frio recorrió mi cuerpo; era él. Aunque lo veía borroso, lo reconocí. Ojos Verdes estaba allí observando cómo bailaba, pero esta vez su mirada no me transmitió nada, noté que no me miraba fijamente a los ojos como lo hacía siempre; solo me contemplaba como si de un objeto se tratara. De repente Roi comenzó a discutir con él y, alzando la voz, se marchó.

—Paola, no hace falta que siga bailando —me indicó Abdel afablemente acercándose a mi lado—. Ahora se va a ir con este señor y hará todo lo que él te mande.

Ojos Verdes me agarró por el brazo y, saliendo de la sala, me condujo hasta la puerta de mi cuarto. Una vez dentro me indicó que me sentara en la cama.

—¿Qué va a hacer conmigo?

—Hoy nada —me contestó con un extraño acento español.

—¿Habla mi idioma? ¿De dónde es?

—Soy árabe y su idioma solo lo hablo un poco, lo suficiente para comunicarme.

—¿Qué hacía hablando con esos hombres de dinero? —le pregunté aturdida.

—Son negocios, y he ganado algo.

—¿Cuál ha sido su premio?

—Usted es mi premio.

—No me siento bien —me quejé tumbándome sobre la cama—. ¿Qué va a hacer conmigo?

—Nada. Le han suministrado una droga que anula la voluntad. Ahora está como muerta y yo la prefiero viva. Le voy a dar una pastilla que le ayudará a eliminar la sustancia que le han administrado.

Llamaron a la puerta y una señora entró con una botella de champán y otra de agua.

—¿Me va a emborrachar?

—Es cortesía de Abdel. Lo único que beberá es agua. Tome —dijo entregándome una píldora para que la tragase.

—Ojos Verdes, no puedo ver su mirada, todo está nebuloso.

—¿Quién es Ojos Verdes? Debe de estar delirando. Quiero que preste atención a lo que le voy a decir.

—Sí, le obedeceré.

—Mañana a primera hora vendrá un hombre a buscarla que la llevará hasta mí. Tiene que ir con él y no se le ocurra intentar escapar. ¿Lo ha entendido?

—Sí.

—Me quedaré a su lado hasta que se duerma y después me marcharé.

Fueron las últimas palabras que escuché levemente antes de cerrar los ojos.

XI. OJOS VERDES

11 de marzo de 2016

Una sirvienta entró en la habitación y, dejando sobre la mesa un suculento desayuno, se marchó sin decir una sola palabra. Me encontraba bien, había recobrado mi libre albedrío y no pensaba comer ni beber nada. Encima de una silla habían colocado un caftán de color blanco; tomándolo me dirigí al baño y me introduje en la bañera. Me acordaba de lo sucedido ayer. Esta vez dejé aflorar todas las imágenes que llegaban a mi mente con la intención de sacar una conclusión razonable y buscar una solución a mi actual situación. Ojos Verdes había pagado un precio por mí, y me dijo que alguien vendría a buscarme; si era cierto, tendría una oportunidad para salir del palacete de Abdel. El ruido provocado por unos suaves golpes en la puerta de mi cuarto interrumpió mis pensamientos; de inmediato sentí miedo.

Después de colocarme el caftán abrí la puerta. Una de las sirvientas me explicó que me estaban esperando en la entrada principal y me indicó que la siguiera. Le pedí que, al menos, me concediera unos minutos para cepillarme el cabello y maquillarme con los productos que habían dejado en una pequeña cesta, además, quería coger la piedra naranja que me regaló Shaira. Estaba nerviosa, no sabía qué era lo próximo que me iba a suceder, pero siguiendo sus instrucciones, la seguí.

Al llegar a la entrada de la residencia me inquieté al ver a Roi; si era él quien me esperaba, estaba perdida.

—Buenos días, Paola.

—Buenos días, Roi —le saludé con voz temblorosa.

—Ayer aposté fuerte por ti, pero otro me ganó. Tú y yo tenemos una velada pendiente y no voy a parar hasta conseguirte. No te vayas. ¿Y si te llevan a un harén para complacer a uno o varios hombres?

—Ya soy mayorcita para que me lleven a un harén —contesté con frialdad.

—No te vayas. Quédate conmigo —expresó en tono cariñoso.

—¿Señorita Paola? —me preguntó un hombre vestido con una túnica de color azul situado a escasos metros de la residencia.

—Sí. Soy Paola.

—Venga conmigo. He venido a buscarla.

Mirando de reojo a Roi, me dispuse a seguir a aquel hombre. Cuando había avanzado tres pasos, Roi me llamó.

—¡Paola!

Girando solo la cabeza, lo miré.

—Estás más guapa con tu pelo natural. Por mucho que intentes cambiar de aspecto, yo te reconoceré. Te encontraré, Paola.

Haciendo caso omiso a sus palabras continué caminando hasta llegar a un todoterreno.

—Entre en el coche, Paola —me indicó en francés.

Por segunda vez escapaba de aquel lugar, aunque ahora mi destino era incierto.

—Me llamo Biko. ¿Ha desayunado?

—No. Sobre todo tengo sed.

—Tome —me dijo entregándome una pequeña bolsa—. Es para usted.

En su interior había un refresco de limón y pastelitos en sus respectivos envoltorios. Todo estaba cerrado herméticamente, por lo que me atreví a comer y a beber.

—¿Dónde vamos? —le pregunté en mi particular francés.

—La llevo con mi jefe.

—¿Quién es su jefe?

—No puedo hablar de él, me lo ha prohibido. Si quiere puede poner música, hay muchos CD, elija el que prefiera —comentó abriendo la guantera.

Había música variada; tenía ganas de escuchar alguna canción que me relajara y elegí el álbum *Dark Sky Island* de Enya.

El trayecto resultó agradable hasta que a lo lejos contemplé la ciudad de Abiyán.

—¿Vamos para Abiyán?

—Pararemos en sus inmediaciones, pero solo para tomar otro medio de transporte que la llevará hasta su destino.

Unos kilómetros antes de llegar al aeropuerto de Port Bouet, Biko tomó una desviación a la derecha y llegamos hasta un pequeño aeródromo.

—Ahora cambiaremos de transporte —me dijo bajándose del coche—. Sígame.

Intrigada, caminé junto a él hasta que se paró frente a una avioneta de color azul y blanco.

—¿No pretenderá que me suba en ese aparato? —pregunté horrorizada.

—Claro que sí. No tenga miedo, soy piloto.

—No pienso montarme con un extraño en una avioneta. Si quiere llevarme a algún sitio deberá de hacerlo en coche.

—Paola, va a ser un viaje corto, y seguro que le encantará.

Por un instante pensé en echar a correr y pedir ayuda a alguien, pero el recinto estaba vacío, aparte de la avioneta de Biko, solo había dos más en un pequeño hangar y parecían estar abandonadas.

—Si me niego a viajar con usted, ¿qué me puede suceder?

—Tengo órdenes de obligarla a montar por la fuerza, si hiciera falta. Paola, llevo muchos años pilotando esta avioneta, no le va a pasar nada —me explicó gesticulando para que lo comprendiera.

Con miedo, accedí y me subí. Al despegar me entraron ganas de vomitar, pero se me pasó al cabo de unos minutos. Las vistas eran espectaculares: la ciudad de Abiyán, la laguna Ébrié, la inmensa selva...La tensión poco a poco fue desapareciendo y pude disfrutar del maravilloso panorama.

—En unos minutos aterrizaremos. ¿Le ha gustado el viaje?

Biko era muy amable, alegre y servicial. Notaba que era de esa clase de personas en las que se puede confiar y, aunque no pudiera darme ninguna información presentía que si necesitaba algo, él me ayudaría.

Después de estacionar la avioneta me llevó hasta un *jeep*.

—Vamos, Paola, ya falta poco para llegar.

Me preguntaba qué sorpresa me depararía de nuevo la vida. Si en mi destino estaba Ojos Verdes, por lo menos me resultaría agradable, a no ser que fuera un hombre despiadado y cruel. Entonces tendría que maquinar un plan, ya fuera por aire, tierra o mar para escapar de nuevo.

Llegamos hasta una preciosa casa a pie de playa. Una joven de no más de veinte años vestida con un caftán de color turquesa a juego con el color de sus ojos salió a recibirnos.

—Bienvenida, señorita Paola. Sígame por favor —me indicó en francés.

Gesticulando me guio hasta llegar a una habitación.

—Este es su dormitorio. Deje su equipaje y después la llevaré hasta el comedor, debe de tener apetito. Mi nombre es Afla. Puede pedirme lo que necesite —se ofreció con una amplia sonrisa.

La habitación era pequeña, pero muy bonita. Las paredes y las cortinas de color beige hacían juego con la colcha que cubría la cama. La ventana daba a la playa. Me sentía a gusto en ese cuarto, pero como no tenía equipaje que dejar, le indiqué que nos podíamos ir ya para el comedor.

En el interior de la casa también predominaba el color beige. Lo que más me agradó fueron las enormes cristaleras que dejaban ver todo el exterior. El salón era de estilo minimalista y a través de un amplio ventanal se accedía a una terraza que daba a la playa. Era una casa de ensueño.

Afta me sirvió dos platos de comida desconocidos para mí.

—Están muy ricos —me dijo sonriendo —le he traído también zumo de limón. Lo he preparado yo.

Aunque tenía hambre no me atrevía a tomar nada por miedo a las consecuencias que me pudieran traer. Biko entró en el comedor y, al observar que no comía, pidió unos cubiertos y se sentó a mi lado.

—Teme que la comida pueda estar envenenada, ¿verdad? Ya me lo advirtió mi jefe —comentó sirviéndose la mitad de cada plato—. Yo la probaré primero, así usted dejará de tener miedo.

—Gracias, Biko, ahora sí que me atrevo a probarla —le agradecí empezando a comer.

Con el postre y el té actuó igual. Primero los probó él y después yo.

—Disfrute de su estancia, el jefe no llegará hasta la noche. Tengo que ausentarme unas horas, si necesita algo solo tiene que llamar a Afla.

—En esta casa me siento muy bien, todos sois muy amables conmigo.

Estaba cansada y me dirigí a mi habitación a reposar un rato. Tumbada sobre la cama me acordé de Enam y me pregunté si el inspector ya lo habría localizado. Eric debía de estar muy preocupado por mi desaparición, seguro que me estarían buscando; quizá si me hubiera quedado en la residencia de Abdel, el inspector y sus hombres hubieran ido a rescatarme enseguida, pero ya estaba aquí y no debía de pensar en lo que podría haber sucedido si me hubiese quedado.

Por la tarde salí del cuarto con la intención de inspeccionar la vivienda; Afla y una sirvienta estaban arreglando el salón. En la cocina, una señora con una amplia túnica blanca, se encontraba preparando unos alimentos, y en el jardín, un hombre regaba las plantas. Esas eran todas las personas que había en la residencia. Me cuestioné si Ojos Verdes estaría casado y si tendría hijos; no había nada que indicara que tuviera familia, aunque podrían residir en otra ciudad y esta casa solo la utilizara para recibir a sus amantes. No sabía nada de él y anhelaba saberlo todo.

Al atardecer me senté en la terraza a tomar el sol. La brisa del mar y el sonido de las olas hicieron que sintiera la paz que desde hacía unos días me había abandonado. Pensé que era el sitio ideal para hablar con el universo, aunque nunca lo había intentado. Una de las virtudes que más aprecio de tía Mati es su capacidad de dar buenos consejos ante situaciones adversas. Una vez me explicó que, cuando no tuviera a nadie a quien contarle mis preocupaciones e inquietudes y necesitara desahogarme, acudiera a algún lugar solitario y hablara en voz alta con el universo; ella, cuando lo necesitaba, se iba al campo y se explayaba, incluso me contó que en algunas ocasiones bailaba sola en medio de la naturaleza. Decía que era terapéutico y, dispuesta a seguir su consejo, quitándome los zapatos me dirigí hasta la orilla del mar. Después de asegurarme de que no había nadie, me quedé unos minutos absorta contemplando el inmenso océano, y cuando creí estar preparada me dispuse a hablar.

—Universo...dije con un tono de voz tenue.

—¡Universo! —me animé a gritar.

—¡Aquí estoy para hablar contigo! —grité con todas mis fuerzas.

—¿Con quién habla, Paola?

Mi corazón se aceleró al escuchar su voz, no esperaba verlo hasta por la noche y me había pillado hablando sola. Sin saber bien qué explicación dar, opté por decirle la verdad.

—Hablaba con el universo, me siento sola y necesito desahogarme.

—No la comprendo. Posiblemente todavía le dure el efecto de la sustancia que le suministraron; si se siente sola, puede hablar conmigo —dijo mirándome a los ojos.

Me quedé inmóvil; no podía hablar, ni siquiera me atrevía a mirarlo.

—¿Le gustaría dar un paseo por la playa?

Mirándole de reojo, asentí. Mi estado era tan patente que enseguida notó que estaba nerviosa. Durante unos minutos caminamos sobre la fina arena sin decir ni una palabra, hasta que mi corazón se tranquilizó y por fin le hablé.

—¿Cuál es su nombre?

—Puede llamarme Fadil.

—Fadil... ¿Es suya esta casa?

—Sí. ¿Le gusta?

—Es preciosa, me encanta.

—Espero que disfrute de su estancia.

—¿Cuánto tiempo voy a permanecer aquí? ¿Qué va a hacer conmigo?

—Nada que no quiera hacer —respondió sin dar más explicaciones.

Quería saberlo todo sobre él y mi cabeza se llenó de tantas preguntas que no sabía por dónde comenzar.

—¿Está casado? ¿Tiene hijos?

—No voy a hablarle sobre mí. Puede preguntarme lo que quiera, pero que no tenga relación con mi persona —expuso con rotundidad hablando con su peculiar acento español.

—¿Viene con frecuencia a este lugar?

—Esa pregunta implica que hable sobre mí, señorita Paola —contestó sin mover un solo músculo de su cara.

—Me lo pone difícil...

El no poder saber nada sobre él despertaba todavía más mi curiosidad. Era un hombre emblemático, misterioso.

—Mire, Paola, el sol se está poniendo. Este es el momento del día que más me gusta —dijo señalando el cielo—. Sentémonos sobre la arena a contemplarlo.

Durante unos segundos me quedé absorta mirándolo. Llevaba puesto un turbante azul como el color del mar. Aunque era un momento especial para él, se mantenía impertérrito, no mostraba ninguna emoción; la expresión de su semblante era fría, seria, distante, y sus enormes ojos observaban fijamente el firmamento como si fuera la última vez que lo fuera a presenciar. Saliendo de mi embelesamiento me propuse averiguar algo sobre su vida, aunque tuviera que hacerlo preguntando por otras personas.

—¿Puede hablarme de Biko?

—¿Qué quiere saber de él?

—Ya que no quiere que conversemos sobre usted se me ha ocurrido que me cuente quién es él.

—Me parece bien, le contaré su historia. Biko nació en Casablanca. Cuando tenía siete años, su padre lo abandonó a él y a su madre para irse a vivir con una mujer de la que se había enamorado y su hija. El padre de Biko es un hombre muy poderoso y al principio les entregaba dinero para sus estudios y manutención. Cuando la madre enfermó el chico se encargó de cuidar de ella. Su padre, aun sabiendo el estado de gravedad en el que se encontraba, no fue ni una sola vez a verlos. Biko pensó que la hija de su amada lo estaba apartando cada vez más de él para quedarse con el dinero de su padre. Cuando la madre murió unos familiares se hicieron cargo de él. Estudió algo parecido a lo que llamáis empresariales, pero era un joven muy aventurero y se dedicó a realizar diversos trabajos en distintos lugares. No sé si me expreso bien, no hablo con demasiada claridad su idioma.

—Le entiendo, aunque reconozco que tengo que poner los cinco sentidos para no perderme. Por curiosidad, ¿el padre no le ayudó cuando falleció su madre?

—Lo intentó, pero Biko no quería saber nada de él, además de porque los había abandonado, tampoco quería tener que relacionarse con su hijastra, Badra.

—Badra...Conocí a una chica con el mismo nombre que también vive en Casablanca.

—Hay cientos de mujeres que se llaman Badra y que viven allí...

—Pero a la que yo me refiero, un hombre se enamoró de su madre y se las llevó a vivir con él a Casablanca. Puede ser solo casualidad, pero hay aspectos coincidentes en ambas historias. ¿Sabe si esa chica estudia medicina?

Por unos segundos se quedó callado.

—Su padre es amigo mío y creo recordar que me dijo que esperaba que su hija terminara pronto la carrera de medicina.

—Tiene que ser ella, y no creo que intentara apartarlo de su hijo por sus bienes. Por lo que pude comprobar era una buena chica que se estaba ganando un dinero para poder viajar con su novio. Biko debería de hablar con Badra, seguro que aclararían muchas cosas.

—No los conoce de casi nada, ¿por qué se preocupa por ellos?

—No sé...irá con mi personalidad.

—Me gusta que sea así. Quizá hable con él.

—¿Y cuál es la historia de Afla? Es una chica muy guapa.

—Sí, pero su belleza solo le trajo desgracias. Nació en Abiyán en el seno de una familia humilde. A los doce años ya era patente su hermosura y varios hombres intentaron negociar con su padre para casarse con ella, pero su madre lo impidió hasta que un día desapareció cuando Afla contaba dieciséis años. Entonces, el padre llegó a un acuerdo con un hombre y se la entregó.

—Debe ser muy común en este país llegar a acuerdos económicos para comprar mujeres, como me pasó a mí —dije con sarcasmo.

—El día que se celebraba su boda, se escapó —continuó hablando sin prestar atención a mis palabras—. Su intención era encontrar a su madre, y para mantenerse trabajó en distintas casas como empleada de hogar. Al día de hoy todavía no la ha hallado. Hay quien piensa que el padre la mató para poder vender a Afla.

—Pobre Afla, espero que su madre siga viva y que algún día la encuentre.

—Se ha hecho de noche, vayamos a la casa.

No había ninguna otra vivienda en las inmediaciones; a unos kilómetros se veían unas pequeñas luces. Era una residencia solitaria, ideal para alejarte del mundanal ruido.

Nada más llegar le pidió a Afla que me entregara un caftán y que me preparara el baño.

—Cuando esté lista diríjase a la terraza, cenaremos allí —me comunicó Fadil retirándose.

Afla me llevó hasta un baño y me entregó dos caftanes, cremas y pinturas.

—Muchas gracias, estáis en todo —le dije sonriendo.

Eran todos tan amables que me sentía cómoda, tranquila; aunque todavía no lograba relajarme delante de él.

Vestida con un llamativo caftán de color rojo entré en la terraza. Ojos Verdes estaba sentado en una mesa decorada con un jarrón con flores y dos grandes velas blancas.

—Le sienta muy bien el color rojo. Por favor, siéntese.

La empleada nos sirvió dos copas de vino y unos aperitivos. Fadil vestía una túnica verde, y bajo la luz de la luna, me parecía el hombre más guapo del mundo. Para ambientar la velada había escogido música romántica francesa. Todo estaba en su sitio, todo era perfecto.

—Paola, hábleme de usted. ¿Cuál es su profesión?

—Soy asesora financiera. Durante muchos años estuve trabajando para una multinacional que ocupaba todo mi tiempo y me provocó estrés. Estaba agotada y resolví montar mi propia empresa.

—¿Le gusta su trabajo?

—Sí, se me da bien, aunque ya es la segunda vez que lo interrumpo por culpa de África.

—¿Está casada?

—No. Me preocupé tanto por prosperar en mi carrera profesional que dejé a un lado mi vida personal. No lo volvería a hacer, de todo se aprende.

—Aunque uno se esfuerce en su trabajo, si aparece la persona adecuada siempre se encuentra un hueco para el amor. Creo que aún no ha conocido a la persona que le haga cambiar los esquemas de su vida.

—Es posible. He salido con varios hombres, pero mis relaciones por un motivo u otro no han funcionado.

Fadil fijó sus ojos en los míos. Mantuvimos la mirada durante unos segundos hasta que se me cayó la copa.

—Perdone, qué torpeza —dije limpiando con una servilleta el estropicio causado.

La empleada limpió la mesa y después nos sirvió la cena. Estaba tan nerviosa que hasta la mano me temblaba y no era capaz de llevar el tenedor recto hacia mi boca. La atracción que sentía hacia él era tan fuerte que no podía controlarla.

—Le voy a poner otra copa de vino, eso la tranquilizará.

Después de la tercera copa, por fin me relajé. De postre nos sirvieron fresas con chocolate. Era uno de mis postres favoritos; saboreándolo lo disfruté.

—Paola, ¿cuál es su cantante favorito? —me preguntó manteniendo la expresión seria en su rostro.

—Me encanta la música en general, aunque soy fan de la década de los ochenta y noventa.

—¿Algún grupo en especial? Puedo poner el que quiera.

Dada la situación me apetecía escuchar música romántica, pero como no sabía si iba a conocer a mis cantantes preferidos, por no quedar mal, elegí a uno de fama mundial.

—Me gustaría escuchar a Fran Sinatra.

—Como quiera —dijo levantándose de la mesa.

Pasados unos segundos comenzó a sonar la canción «My Way».

—Debe ser una mujer romántica, aunque sus gustos son anticuados —comentó sentándose de nuevo.

—Mis gustos musicales son variados. Elijo la música que quiero escuchar según el momento que esté viviendo.

De nuevo se quedó fijamente mirándome a los ojos. En ese instante dejó de existir el mundo; solo estábamos él y yo. Nada malo me podía ocurrir mientras me miraba; me sentía oculta, a salvo, única...

—¿Quiere bailar? —me propuso sin dejar de mirarme.

Regresando al mundo terrenal escuché que estaba sonando la canción «Strangers in The Night». Al levantarme me tomó de la mano y, llevándome hasta un rincón de la terraza, comenzamos a bailar lento bajo la única mirada de la media luna. Mi cuerpo flotaba y diversas emociones empezaron a aflorar dentro de mí. Sentí como buscaba mis labios y ofreciéndoselos, me besó; primero, suavemente, después, con pasión. Sin dejar de besarme me fue desplazando hacia el interior de la casa hasta llegar a mi dormitorio. Tomándome en sus brazos, abrió la puerta y me tumbó sobre la cama.

De nuevo mi voluntad se anuló, pero esta vez no fue provocada por ninguna sustancia administrada al efecto, esta vez la había perdido a causa de la droga del amor.

Cuando me desperté Fadil seguía a mi lado. Observé que la expresión de su rostro había cambiado; parecía feliz, incluso percibí una ligera sonrisa en su cara. Cerrando los ojos apoyé mi cabeza sobre su hombro. Si se trataba de uno de mis sueños, no quería despertar aún.

—Buenos días, Paola. ¿Has descansado bien? —me preguntó tuteándome.

—Buenos días. ¿Te he despertado?

—Me desperté cuando me mirabas —comentó con una pequeña sonrisa en sus labios.

—Si tenías los ojos cerrados… ¿cómo podías ver que te observaba?

—Sentí tu mirada.

—Eso puede significar que, o hay una gran conexión entre nosotros, o estás alerta día y noche.

—Las dos cosas —dijo dándome un beso—. Hoy que es sábado me voy a tomar el día libre para estar contigo; si necesitan algo que me llamen por teléfono.

Estaba pletórica, llena de energías y con ganas de hacer mil cosas sin separarme de él.

—Después de desayunar podemos ir a la playa, ¿te parece bien?

—Por mí estupendo —le contesté dándole un beso.

—Le indicaré a Afla que te deje ropa de playa en el baño. Desayunaremos en la terraza.

Nada más marcharse me asomé a la ventana y contemplé el inmenso mar. Habían pasado solo unos minutos desde que Fadil había salido de mi cuarto y ya lo echaba de menos.

Cuando me dirigía hacia el baño me encontré con Afla y me informó de que ya tenía lista la ropa de playa. Al entrar observé que sobre una banqueta había un singular bañador de color azul marino con rayas negras. Además de feo, era enorme, pero como mi estado anímico era estupendo, al contemplarme en el espejo, me vi guapísima, incluso con mis cabellos de color naranja. Para ponerme encima del bañador me había dejado un sencillo vestido blanco.

Al llegar a la terraza observé a Fadil leyendo la prensa. Después de besarle me senté junto a él. La empleada apareció y nos sirvió té con pastas.

—Están buenísimas —comenté sin parar de comer.

—Veo que te has levantado con apetito.

—Soy de buen comer —dije terminando la última pasta que quedaba en el plato.

—¿Quieres más?

—Gracias, pero ya estoy llena. ¿Vamos a la playa?

—Como quieras —respondió levantándose, tomándome de la mano.

Caminando junto a él por la orilla del atlántico me sentía como una adolescente que por primera vez descubría la magia del amor.

—Hace calor, ¿nos bañamos? —me preguntó quitándose su atuendo playero.

—El bañador me queda un poco grande, temo que me encuentres fea con él.

—Pues quítatelo, estamos solos en la playa.

Sin pensármelo, me lo quité y, corriendo y riendo, me introduje en el mar.

—¡Qué fría está el agua! —grité al sentir el primer contacto.

—Yo te daré calor —musitó acercándose a mi lado.

Durante un rato nos quedamos jugueteando entre las olas y por fin le vi reír.

Agarrados de la mano salimos del agua. Después de secarnos un rato bajo el sol, nos colocamos las respectivas vestimentas para regresar a la casa.

Nada más terminar de almorzar fuimos a mi dormitorio. No quería pensar en nada ni en nadie, solo quería vivir y disfrutar al máximo esos momentos de pasión.

Sobre las cinco de la tarde, Afla, dando unos suaves golpes en la puerta del dormitorio, comunicó a Fadil que tenía una llamada urgente. Enojado se levantó de la cama, y después de vestirse salió de la habitación. Con curiosidad me dirigí hacia la puerta; abriéndola sin hacer ruido, le escuché hablar por teléfono. Por su tono de voz debía tratarse de algo importante, pero lo único que llegué a entender fue «Grand Bassam». Cuando terminó la conversación, rápidamente cerré la puerta y me metí en la cama. A los pocos segundos entró.

—Paola, prepara tus cosas, nos tenemos que marchar.

—¿Marchar, adónde?

—Tengo trabajo.

—¿Me llevas contigo?

—Te llevaré a Abiyán, allí nos separaremos.

—¿Y dónde irás, a Grand Bassam? No quiero separarme de ti. Llévame contigo —le imploré.

—¿Me has escuchado hablar por teléfono? —preguntó enfadado.

—Necesitaba ir al baño y te oí, aunque solo entendí, Grand Bassam. Por ello he pensado que tendrías que ir allí.

—No puedes venir conmigo. Arréglate, tenemos que salir pronto —dijo saliendo de la habitación.

Es curioso cómo las situaciones de la vida pueden cambiar en solo unos instantes y provocar una alteración en los sentimientos. Hasta el momento me había dejado llevar por la ilusión del amor sin pensar en lo que realmente podía haber detrás, pero ahora tenía que dejar que la sensatez me hablara. Fadil había pagado un precio por mí y yo, voluntariamente me había entregado a sus deseos, que también eran los míos. Estaba tan entusiasmada que me había dado igual si estaba conmigo por amor o solo por placer, y ahora empezaba a tomar conciencia de que había estado con un hombre que me había ganado en una reunión de amigos. La sensación de angustia me volvió a visitar. Tenía que buscar en mi interior algo positivo que calmara mi conciencia y fue mi corazón el que encontró una razón: por mi parte había amor, un amor que no podía controlar. El motivo por el que Fadil había estado conmigo debía apartarlo de mi mente. Había pasado los dos días más apasionados de mi vida y después de lo que últimamente había sufrido, era mi regalo, mi premio. Me lo tomaría como una aventura que llenó mi vida de alegría cuando todo eran lágrimas, y nunca le contaría a nadie que había estado con un hombre que había pagado un precio por mí. Aunque mi corazón me decía que él estuvo conmigo por amor, debía dejar aparcada esa duda en tanto no me lo dijera expresamente. Sabía que me estaba adelantando a los acontecimientos, pero lo hacía para preparar a mi corazón ante la posible desilusión que me podría causar el hecho de que él no me quisiera ver más.

Vestida con un caftán de color blanco y sin ningún equipaje me dirigí hacia el salón.

Nada más verme Afla me ofreció una taza de té; iba a echar de menos ese lugar. Todos habían sido muy amables conmigo y en poco tiempo les había cogido cariño.

Pasados unos minutos Biko entró en el salón.

—Buenas tardes, señorita Paola. ¿Ha disfrutado de su estancia?

—Hola, Biko. Sí, he disfrutado más de lo que podía imaginar.

—Otra vez va a tener que montarse en la avioneta, al final le va a gustar.

—Esta vez no tengo miedo. He comprobado que eres un buen piloto —le dije en francés sin saber si me comprendía por mi pésima pronunciación.

—Voy a buscar al jefe —dijo alejándose del salón.

Biko se cruzó con Afla y observé cómo al verla se le iluminaron los ojos. Sería bonito que los dos terminaran juntos, pensé.

Al escuchar la voz de Fadil mi corazón comenzó a latir deprisa, se estaba aproximando y no quería que me notara nerviosa. Cerrando los ojos respiré profundamente hasta que logré calmarme un poco.

—¿Estás preparada, Paola? —me preguntó al llegar al salón.

—Sí, estoy lista.

—Perfecto, nos tenemos que marchar ya.

Afla nos acompañó hasta la puerta y me dijo que esperaba volver a verme pronto. Yo también quería volver a verlos, pero no se lo expresé.

Durante el vuelo Fadil no me dirigió la palabra. Al aterrizar en el aeródromo cercano a Abiyán, Biko se despidió de nosotros, y nos montamos en un todoterreno.

—Te llevaré a la ciudad. ¿Quieres que te deje en un lugar determinado? —me consultó Fadil.

—Solo sé dónde vive un amigo.

—¿Y estará en su casa?

—No lo sé, suele salir a cenar.

—Entonces te dejaré en comisaría. Es muy tarde y es peligroso que andes sola a estas horas.

Durante el trayecto esperaba que me dijera que quería volverme a ver, pero no lo hizo. Se mantuvo serio, pensativo; parecía preocupado, sin dar opción a una conversación.

Al llegar a la puerta principal de la comisaria estacionó el vehículo.

—Paola, te quiero pedir un favor.

—¿De qué se trata?

—Ahora vas a entrar en la comisaría y les tendrás que informar sobre lo que te ha ocurrido. Cuéntales todo, pero no me nombres a mí.

—Pero entonces, ¿dónde les voy a decir que he estado?

—Explícales que te escapaste en un camión de la residencia de Abdel y que te llevó hasta un poblado. Permaneciste allí hasta que un señor te pudo traer a la ciudad. ¿Conforme?

—Está bien. Tampoco quiero contar que he estado con un hombre que pagó dinero por mí.

—La vida es complicada —musitó sin mirarme a los ojos.

—Fadil, me gustaría volver a verte.

—Paola, debes de salir de este país cuanto antes. Aquí corres peligro. Cuando hables con los policías pídeles que te busquen un vuelo para mañana mismo. ¿Lo has comprendido?

—Sí, regresaré a España. ¿Te volveré a ver?

—Vete, Paola, y regresa cuanto antes a tu país. —respondió mirando hacia el frente.

—Adiós, Fadil —me despedí abriendo la puerta.

—Adiós —contestó sin ni siquiera intentar darme un beso de despedida.

Las lágrimas salieron de mis tristes ojos. No quería volver a verme y quizá, solo hubiera sido un capricho por el que había pagado un precio; tendría que olvidarme de él. Secándome las lágrimas entré en la comisaría.

—Buenas noches. Quiero hablar con el inspector Damien Allard —le pedí al primer policía que me encontré.

—¿Inspector Damien Allard?

—Sí, por favor, es muy importante.

El agente comenzó a explicarme algo, pero no lo entendía. Le repetí una y otra vez que era muy urgente que lo avisara, pero él tampoco me comprendía a mí.

—¡¿Es que nadie me comprende en este país?! —grité comenzando a llorar.

Sabía que mis lágrimas no eran debidas a la falta de comunicación. Últimamente había estado en situaciones peores y me había defendido bien; lloraba por él.

—Señorita Paola, ¿se encuentra bien? ¿Dónde ha estado? La hemos estado buscando —me preguntó en inglés el agente Afrani Ari nada más verme.

—¡Agente! Menos mal que encuentro a alguien que me entiende. Necesito ver al inspector.

—No se encuentra en la comisaría, hoy es sábado, y además, ya es muy tarde.

—¿Podría llamarle? Tengo que hablar con él.

—Ha estado desaparecida unos días, seguro que se alegrará de saber que se encuentra bien —comentó realizando una llamada.

Escuché como el agente mantenía una conversación y al momento me pasó el teléfono.

—El inspector quiere hablar con usted.

—Inspector, soy Paola.

—Paola, ¿se encuentra bien? ¿Dónde ha estado? ¿Le han hecho daño?

—Estoy bien. Es largo de contar.

—En unos minutos estaré en comisaría. Tengo que tomarle declaración.

—Inspector, estoy cansada. En estos momentos no tengo fuerzas para informar de lo sucedido. ¿Lo podríamos dejar para mañana? Ahora lo que me gustaría es localizar a Eric.

—Está bien. En cuanto hable con él la llamaré.

—Inspector, ¿se encontraba Enam en la granja?

—No. Creemos que se encuentra en el último campamento donde estuvo usted. Estamos organizando ir en su busca, a ese lugar es más difícil de acceder. Paola, debe de regresar a su país cuanto antes, nosotros nos ocuparemos de Enam.

—Esta vez estoy de acuerdo.

—Parece que por fin ha entrado en razón. Quédese con el agente Ari, la mantendrá informada —dijo colgando el teléfono.

El agente quería saber todo lo que me había sucedido, pero desistió de su empeño al notar que no estaba predispuesta a hablar de ello. Pasados unos diez minutos el inspector volvió a contactar conmigo.

—Paola, he localizado a Eric y la espera en su casa. El agente Ari la llevará hasta allí. Mañana a primera hora deberá estar en la comisaría, tráigase todo su equipaje; después de tomarle declaración la llevaré al aeropuerto. Yo me encargaré de reservarle el vuelo.

—De acuerdo.

—Descanse, Paola. Dentro de unas horas saldrá de este país.

El agente me llevó hasta la vivienda de Eric; estaba esperándome en el portal. Cuando salí del coche patrulla me recibió con un fuerte abrazo.

—Paola, estaba muy preocupado por ti. Menos mal que ya estás de nuevo a mi lado —comentó sin dejar de abrazarme.

Esta vez, la que se apartó suavemente fui yo.

—Hola, Eric. Si te hubiera contado mis planes seguro que no me habrías dejado ir y no tendría que haber vivido esta dura experiencia.

—¿Estás bien? ¿Te han hecho daño?

—Me encuentro bien, aunque muy cansada.

—Subamos a mi casa, te pondré algo de cenar y luego descansarás.

Eric estaba muy cariñoso conmigo. Le narré todo lo que me había acontecido, excepto que bailé delante de unos hombres que negociaban un precio por mí, y los dos últimos días que estuve con Fadil.

—Gracias a ti han descubierto un campamento clandestino que puede estar vinculado con grupos violentos. Lo van a investigar; seguramente Enam se encuentra allí. Quédate con la parte positiva.

—Lo intentaré. Me gustaría hablar con tía Mati. Dejé mi móvil en la habitación, aunque no creo que tenga batería.

—Tu teléfono sigue allí, pero no vas a poder hablar con ella.

—¿Por qué? ¿No sabe lo que me ha ocurrido?

—En cuanto leí tu nota la llamé, pero tenía el teléfono desconectado y desde entonces no lo ha vuelto a conectar.

—Qué extraño. ¿Se lo has contado al inspector?

—Sí, y llamó a la agencia para la que trabaja. Le dijeron que desde hacía unos días no sabían nada de ella. Piensan que estará realizando una de sus colaboraciones.

—A saber en qué país andará… El inspector me ha dicho que mañana me acompañará al aeropuerto. Debo regresar a España.

—Debes irte cuanto antes, aquí no estás segura, al menos hasta que detengan a Roi. He descubierto algunas cosas que pueden tener relación con tu rapto. Estuve preguntando por el significado que podía tener un círculo azul; nadie sabía de qué se podía tratar hasta que el otro día un buen amigo me llamó para prevenirme de que dejara de preguntar más, por mi bien. Me informó de que existe una organización secreta de la que forman parte hombres muy poderosos denominada «El Círculo Azul». Casi todo lo que hacen es por dinero; da igual el asunto que se trate, la finalidad es enriquecerse. Cada miembro le hace un favor a otro, así van consiguiendo sus metas; favor por favor. Quien te dejó las piedras lo pudo hacer con la intención de asustarte o quizá pretendiera advertirte de que eras un objetivo del Círculo Azul. Cuando me has contado que el agente que te llevó hasta la residencia de Abdel tenía una mancha verde en el ojo enseguida lo asocié con la piedra. Es posible que pertenezca a la organización. Mi amigo me ha advertido de que no hagamos nada contra ellos, son muy peligrosos. No dejan huellas de lo que hacen, sus fechorías las pagan personas inocentes ajenas a ellos. Lo tienen todo muy bien organizado.

—Todo comienza a tener algo de sentido. Es posible que Roi pertenezca a esa organización y quizá también Abdel. Son hombres poderosos acostumbrados a conseguir todo lo que quieren. Si el agente Toiré forma parte del grupo, me llevaría hasta ellos con la finalidad de realizar un favor. Todo son conjeturas, pero si esos hombres son tan peligrosos debo marcharme cuanto antes de aquí. ¿Cómo es que tu amigo sabe de la existencia del Círculo Azul? Si es una organización secreta debe conocer a alguien cercano a ella.

—Su hermano formaba parte de la organización. Se lo contó el día antes de salir del país. No le dio ninguna información relevante, solo le explicó lo que te he contado y, que quién pertenezca al Círculo Azul, jamás podrá abandonarlo. No estaba de acuerdo con muchos asuntos que se llevaban a cabo y decidió desaparecer sin dejar rastro.

—Tiene que saber más de lo que te ha explicado, deberías de hablar otra vez con él.

—Es posible, mañana lo llamaré.

—¿Sabes algo de Raquel?

—Tu amiga está loca. Hoy se ha ido a Grand Bassam a pasar unos días con Fabrice.

—¿A Grand Bassam? Capaz de haber ido a comprarse un traje como el que llevaba puesto el día del cóctel. Recuerdo que me preguntó que dónde lo había adquirido. ¿Y sigue con Fabrice?

—El día que te marchaste me llamó para hablar contigo, pero como no estabas me explicó sus planes para vengarse de él. Fabrice la llamaba a todas horas para pedirle perdón y le imploraba que volviese con él, pero ella se negó y lo despreció. Decidió quedarse unos días y, acompañada por su guardaespaldas, aparecía por los lugares públicos que frecuentaba Fabrice hasta que logró que este le pidiera de rodillas que fuera otra vez su novia delante de varias personas, incluida su nueva amiga.

—Esta chica no para hasta conseguir lo que quiere, aunque le cause un perjuicio a ella y a los demás. ¿Se han ido con el guardaespaldas?

—No, decía que le sobraba en su viaje romántico y lo mandó de vuelta a España.

—Entonces, Raquel puede estar en peligro. Fabrice es amigo de Roi, y si le cuenta que está con ella en Grand Bassam pueden utilizarla para llegar hasta mí. Roi me dijo que me encontraría. Creo que está obsesionado conmigo; tiene el mismo perfil que Raquel y no descansará hasta conseguirme.

—No te preocupes, Paola. Ahora estás a salvo conmigo —dijo abrazándome.

—Tenemos que hacer algo para que Raquel vuelva a su casa, y con lo terca que es va a resultar difícil.

—Mañana la llamaré e intentaré convencerla para que regrese a España.

—A ver si entra en razón, como yo...Estoy agotada necesito dormir.

—Si quieres esta noche puedo quedarme a dormir contigo, por si tienes pesadillas… Además, no quiero que te vuelvas a marchar sin decírmelo.

—Te aseguro que no pienso dar un solo paso sin contarte lo que vaya a hacer mientras permanezca en Abiyán. Pero hoy prefiero dormir sola, estoy demasiado cansada, y si estás a mi lado no sé si voy a poder conciliar el sueño.

—Está bien. Paola, en otra ocasión me gustaría hablar contigo. Te he echado de menos. Desde que desapareciste, cada minuto pensaba en ti. He estado muy preocupado.

—Mejor en otro momento, Eric, ahora necesito descansar. Buenas noches.

—Buenas noches. Si tienes alguna pesadilla vendré a verte.

Quién me iba a decir hace unos días que iba a rechazar la compañía nocturna de Eric, pero todavía sentía el olor y el tacto de Fadil sobre mi cuerpo y quería disfrutarlo una vez más a solas, antes de que desapareciera de mi mente. Eric había cambiado; estaba más cercano y cariñoso conmigo. Si antes pensaba que no era la mujer adecuada para él, ahora lo dudaba. Era el hombre perfecto: educado, inteligente, incluso divertido y me había parecido que estaba intentando acercarse a mí, pero al igual que cuando lo conocí, no era el momento adecuado. La otra vez tenía el corazón ocupado por culpa del supuesto Logan y ahora por el misterioso Fadil. Estaba comenzando a pensar que quizá me atrajeran los hombres complicados, difíciles de alcanzar y, si era así, debía de cambiar, centrarme en alguien real que me hiciera feliz. Si Eric estaba interesado por tener algo más que una amistad conmigo, tenía que intentarlo, aunque no sé si sería posible mantener una relación ocultándole que había estado con un hombre que pagó un precio por mí; eso él no lo aceptaría. Si como me había advertido Shaira, el peligro llamaba al peligro, quizá el amor también llamara al amor.

La imagen de Fadil no se borraba de mi cabeza, sería la última noche que pensaría en él, después volvería a ser Ojos Verdes: el hombre misterioso que con su mirada me hacía sentir a salvo del mundo...Los días que había pasado junto a él los convertiría en una historia producto de mi inagotable imaginación.

XII. ATENTADO

13 de marzo de 2016

A las siete de la mañana me despertó Eric.

—Buenos días, ¿cómo has pasado la noche?

—Buenos días, Eric. He descansado bien.

—Me alegro. Después de desayunar te llevaré a comisaría, quiero estar contigo cuando te tomen declaración.

—Te lo agradezco, contigo a mi lado estaré más tranquila. No sé si llevarme a España los vestidos que me compré, temo que me recuerden lo mal que lo he pasado.

—Llévatelos, son muy bonitos. Te daré una bolsa de viaje para que los guardes.

A las ocho de la mañana llegamos a comisaría. El inspector nos recibió con un fuerte apretón de manos.

—Me alegro de verla, Paola. Como sabrá, todos hemos estado muy preocupados por su desaparición y debemos averiguar la causa y los autores del hecho. Su testimonio nos será de gran ayuda; creo que tiene muchas cosas que contarme.

Exceptuando mi estancia en la casa de Fadil y lo sucedido en la sala, le informé de todo lo acontecido.

—Inspector, ¿por qué no vino a buscarme? —le pregunté reprochando su ausencia.

—No sabe cuánto lo siento, y más después de lo que le ha ocurrido. Cuando el director del campamento se enteró de que iba a visitar la granja, se ofreció a acompañarme al atardecer, después de finalizar su jornada laboral. Por el camino el *jeep* en el que viajábamos se estropeó, así que tuvimos que continuar andando. Cuando llegamos a la granja había anochecido y nos invitaron a cenar. Los chicos ya estaban acostados, por lo que no pude comprobar si entre ellos se encontraba Enam. El propietario nos invitó a pasar la noche y llevarnos al campamento a primera hora de la mañana; pensando que usted ya estaría de vuelta y con la intención de averiguar si se encontraba Enam allí, acepté. Por la mañana, nada más llegar al campamento, al comprobar que no estaba, sin que nadie me escuchara llamé a comisaría y les ordené que fueran a buscarla. Yo no podía ir porque el director me pidió que esperase a que llegara el encargado; al final no apareció y nos enteramos de que el hombre había desaparecido con el dinero que últimamente había recaudado.

—¿Qué sabe del agente Toiré? Él fue quien recogió a Paola y la llevó hasta el palacete de Abdel —le interrogó Eric.

—Por lo que me han informado, ese mismo día antes de ir a buscar a Paola solicitó unos días de asuntos propios. Hemos intentado localizarlo, pero hasta la fecha no lo hemos conseguido. Siempre lo he considerado un hombre muy trabajador, el único fallo que tiene es que le gustan demasiado las mujeres. Después de lo sucedido, no sé qué pensar.

—Inspector, ¿sabe algo sobre el Círculo Azul? —se atrevió a preguntarle Eric.

—¿Círculo azul? ¿A qué se refiere?

—A una organización.

—No, la desconozco. ¿Tiene algo que ver con este caso?

—Es posible, pero nosotros tampoco lo sabemos. Se trata de una organización secreta con fines lucrativos.

—En este país, a mi pesar, hay muchas organizaciones clandestinas con fines ilícitos; es complicado conocerlas todas.

—Pensamos que los hombres que raptaron a Paola forman parte de esa organización.

—Roi es una buena pieza, no me extrañaría que estuviera involucrado en diversos grupos. Paola, además de Abdel y Roi, ¿reconoció a alguna otra persona?

En ese momento mis pensamientos regresaron a la sala donde me encontraba bailando drogada ante un grupo de hombres. Ojos Verdes estaba allí y cabía la posibilidad de que perteneciera al Círculo Azul; me había pedido que no hablara de él, aunque no sabía si eso me podría perjudicar. Después de dudarlo durante unos segundos, respondí:

—No. Aunque habían anulado mi voluntad y lo veía todo borroso, solo reconocí a ellos dos.

Lo que pasó en esa sala, al igual que Fadil, lo guardaría en un rincón de mi cerebro. A ellos les había contado que me drogaron y me llevaron a una habitación donde se encontraban reunidos varios hombres; después me desmayé y me dejaron en un dormitorio. Cuando me desperté salí de la casa y me escondí en una camioneta que partió hacia un poblado. Allí permanecí hasta que un buen hombre me llevó hasta Abiyán.

—Paola, si en algún momento recuerda algo más debe comunicármelo.

—Lo haré, inspector.

—Le he organizado el viaje. En media hora partiremos hasta el aeropuerto de Bouaké, y desde allí nos llevarán en vuelo privado hasta Casablanca donde embarcará para España a las nueve de la noche. He creído conveniente realizarlo de esa manera porque, aunque suponga más tiempo, es más seguro. No sabemos si están vigilando los aeropuertos cercanos; por algún motivo es importante para sus captores. Lo siento por usted, va a ser un viaje pesado.

—No me importa, viajaré con la mejor compañía que en este momento puedo tener.

—Bien, ahora la llevaré hasta un despacho donde un agente le hará una fotografía para su pasaporte con una nueva identidad; esto solo lo hacemos en casos excepcionales. Una vez tenga en sus manos el auténtico, deberá romper el que le voy a entregar para que no quede rastro de él. En veinte minutos nos vemos en la puerta principal.

—Gracias por todo lo que está haciendo por mí, le aseguro que de alguna manera se lo pagaré.

—No tiene que pagarme, Paola. Es parte de mi trabajo.

Bajamos hasta la puerta principal. La expresión de Eric denotaba preocupación.

—Paola, sé que te dejo en buenas manos, pero por favor, llámame cuando llegues a Bouaké y después desde Casablanca.

—No te preocupes, Eric, te llamaré.

—Dentro de unos días te iré a visitar a España, si tú quieres.

—¿Vas a venir? ¿Y tu trabajo?

—Recuerda que te prometí que en marzo iba a ir a verte.

—Me encantaría que vinieras —le comenté dándole un pequeño abrazo—. No te olvides de llamar a Raquel, temo que a esta chica le ocurra algo malo otra vez.

El inspector apareció vestido de paisano.

—¿Preparada para el viaje?

—Sí, inspector, cuando usted ordene.

Eric, dándole un apretón de manos, le pidió al inspector que cuidara de mí; después, con ternura, me abrazó.

—Nos vemos en unos días, Paola.

Nada más montarnos en el coche el inspector recibió una llamada; saliendo del vehículo la atendió. Pasados diez minutos entró y arrancó.

—Tardaremos unas tres horas en llegar a Bouaké, si quiere puede aprovechar para dormir un rato.

Haciéndole caso, cerré mis ojos y me quedé dormida hasta que escuché el sonido de mi teléfono móvil.

—Hola, Eric.

—Paola, ¿va todo bien? Tengo que contarte algo. ¿Está contigo el inspector?

—Sí, va conduciendo.

—Te voy a comunicar varias cosas, algunas se las puedes transmitir y otras no, así que intenta disimular. He llamado a tu amiga Raquel y no hay manera de convencerla para que regrese a España; aprovechando que tengo que ir a Grand Bassam a recoger unos documentos que dejé en casa de Margot, en cuanto termine de organizar unas cosas, iré a buscarla.

—¿Seguro que tienes que ir o lo haces porque te he pedido que la convenzas?

—Bueno, los documentos no son urgentes, pero como es domingo, aprovecharé el día libre e iré.

—Gracias, Eric, espero que cuando te vea allí razone y regrese.

—También he hablado con mi amigo sobre la organización. Lo que te voy a decir ahora no debes contárselo al inspector. Por lo visto, para entrar en el Círculo Azul te tienen que ofrecer una piedra sobre la que hay dibujado un círculo, como la que recibiste. Además de los miembros de la organización, tienen colaboradores que, aunque no son parte integrante, a veces realizan algún trabajo para ellos y algunos son de la Policía. Lo sabe porque cuando su hermano quiso abandonar el Círculo Azul, le propuso

211

que los avisara, a lo que le contestó que algunos colaboraban con la organización y no se atrevía a pedirles ayuda. No me puedo extender más, el inspector se puede escamar. Pienso que podemos confiar en él, pero por si acaso, ten mucho cuidado y llámame si observas algo extraño, ¿entendido?

—Sí, espero que por su bien Raquel deje de una vez al interesado de Fabrice —respondí disimulando, tal y como me había pedido.

Nada más colgar el inspector me preguntó sobre la conversación mantenida y de lo único que le hablé fue de Raquel. Me fiaba de él, se había involucrado a fondo en este caso y me sentía segura a su lado. Me quedé un rato pensando en las palabras de Eric; existía la posibilidad de que la piedra que me habían dejado fuera una invitación para entrar en el Círculo Azul, y si era así, no llegaba a comprender el porqué ni quién me quería dentro de esa intrigante organización.

—Desde que hemos salido tengo la sensación de que nos persigue un coche. Voy a parar un momento para comprobarlo —comentó saliendo de la carretera, metiéndose por una pista.

—¿A qué vehículo se refiere? El que teníamos detrás a seguido su camino —comenté observando la carretera.

—Era otro coche, pero también ha continuado circulando.

El teléfono del inspector comenzó a sonar. Durante el trayecto lo habían estado llamando, pero ninguna vez respondió.

—Voy a salir un momento para atender la llamada, así aprovecho para estirar las piernas —comentó estacionando el vehículo en el camino de tierra roja.

Tomé mi móvil con la intención de llamar a tía Mati, pero continuaba desconectada.

—Calculo que llegaremos en menos de media hora —me indicó entrando en el coche—. ¿Se le ha hecho pesado el viaje?

—Para nada, la mayor parte la he pasado durmiendo.

Al llegar al aeropuerto nos recibieron dos hombres que nos llevaron hasta un avión militar. Pensé que el inspector debía de ser un hombre importante para que le hicieran el favor de viajar en vuelo privado. Antes de despegar llamé a Eric y, al no responder, le dejé un mensaje de voz indicándole que todo iba bien.

A las cuatro y cinco de la tarde aterrizamos en un aeródromo cercano a la ciudad de Casablanca. El inspector lo tenía todo planificado: había alquilado un coche para desplazarnos hasta la ciudad.

—Todavía quedan varias horas hasta que tome su vuelo y he pensado que le gustaría ver algo de la ciudad.

—Y usted, ¿cuándo regresa a Abiyán?

—Esta noche me quedaré aquí y mañana regresaré en vuelo regular.

—Tengo hambre y, además, necesito ir al baño.

—No se preocupe, nos pararemos en el primer restaurante que veamos.

Al entrar en la ciudad estacionó el vehículo delante de un pequeño bar.

—Me hubiera gustado llevarla a un buen restaurante, espero que por lo menos nos sirvan algo decente.

—No importa, lo que más necesito en estos momentos es ir al baño.

El local estaba prácticamente vacío; solo se encontraba el camarero y un señor tomando té viendo las noticias en un pequeño televisor. Nos sentamos en una mesa y después de pedir la comida me dirigí al aseo. Aprovechando que estaba sola quise llamar a Eric, pero no encontré mi teléfono móvil. Lo busqué por todo el aseo y no lo vi. Estaba segura de que lo llevaba en el bolso y era muy difícil que se me hubiera caído. Nada más llegar a la mesa lo busqué por el suelo. Preocupada, le pedí al inspector las llaves del coche por si se encontraba dentro, pero no lo localicé.

—¿Dónde podrá estar? No recuerdo haberlo sacado del bolso —le pregunté sentándome en la mesa.

—Puede que se le haya caído en el avión. Llamaré para que lo busquen.

—Vaya fastidio, estaré incomunicada hasta que lo encuentren. Mire inspector, ¿no es Grand Bassam? —le pregunté observando unas imágenes de la ciudad en el televisor.

—Sí, vaya... Malas noticias.

—¿Qué ha pasado? ¿Qué están diciendo? No entiendo nada.

—Se lo traduciré, pero no le va a gustar. Parece que ha habido un atentado en Grand Bassam.

—¿Un atentado? ¿Ha sido grave? ¿En qué zona? —pregunté impresionada.

—Si continúa haciéndome preguntas no me voy a enterar de nada.

—Lleva razón, me callaré, pero por favor, cuénteme lo que ha sucedido.

—Un grupo de hombres armados con Kalashnikovs han irrumpido en la popular playa de Grand Bassam, muy frecuentada los fines de semana, disparando a los ciudadanos que descansaban en la arena, muchos más de lo habitual debido a las altas temperaturas de la zona en los últimos días. Han avanzado por la orilla y han entrado en algunos de los recintos hoteleros, atacando tres de los hoteles que se sitúan a primera línea de mar.

—¿De verdad? No me lo puedo creer... ¿Ha habido heridos? ¡Eric y Raquel se encuentran allí!

—Espere, el presidente Alassane Ouattara está hablando: dice que al menos han muerto catorce civiles. Es un atentado, pero todavía no han reivindicado la autoría. Comenta que pudiera ser obra de Al Qaeda, y si fuera así, sería la primera vez que un ataque con firma del terrorismo islamista sucede en Costa de Marfil.

—¡Qué horror! ¡Por favor, llame inmediatamente a Eric! Necesito saber si se encuentra bien. Puede que estuviera en la playa o en uno de los hoteles... ¿dónde estará mi móvil? ¡Llámelo! —le ordené muy preocupada.

—Tranquilícese, Paola —dijo realizando una llamada.

—¿Contesta?

—No. Hay señal de llamada, pero no la atiende.

—Llame otra vez, se ha podido equivocar de número.

El inspector volvió a llamar.

—No contesta, pero eso no significa que le haya sucedido algo, debe de haber mucho desorden en la ciudad. Le dejaré un mensaje de voz. No se preocupe, seguro que en cuanto pueda se pondrá en contacto conmigo.

—Un ataque terrorista... y mis amigos están allí.

—Todavía no se sabe quiénes han sido, aunque pienso que puede ser Al Qaeda. Esta semana se celebraba el mercado de artes y música con una gran afluencia de público. Es terrible lo que pueden hacer esas personas desalmadas.

Fadil también se encontraba en Grand Bassam y temía por él. Recordé la tarde que, cuando estaba junto a mí, lo llamaron por teléfono y se tuvo que marchar a Grand Bassam precipitadamente. Era un hombre enigmático y por unos segundos me pregunté si tendría algo que ver con el atentado, pero enseguida pensé que debía de ser solo una coincidencia.

—Deberíamos hacer algo para apartar de nuestra mente el fatídico suceso, y se me ha ocurrido que quizá le apetezca ver a su amiga Badra. Podríamos ir a la facultad, algunos alumnos se reúnen para estudiar y tal vez esté por allí.

—Me parece buena idea, aunque es difícil que esté hoy, y a esta hora; pero podemos intentarlo, así la esperada llamada de Eric se me hará más llevadera.

En la entrada de la universidad había un grupo de jóvenes. El inspector, acercándose a ellos, les preguntó si conocían a una chica llamada Badra. Después de facilitar los pocos datos que disponíamos de ella, observé como una estudiante hablaba con él.

—Hemos tenido suerte, una joven sabe de quién se trata y está en la sala de estudios —me dijo el inspector indicándome que entráramos en la universidad.

Nada más entrar en la sala la vi. A su lado estaba sentado un joven que la miraba con ternura y pensé que sería su novio.

—Hola, Badra. ¿Te acuerdas de mí? —le pregunté al acercarme a su lado.

—¿Paola? ¿Qué hace aquí? —me preguntó extrañada.

—Dentro de unas horas tomo un vuelo para España; de casualidad pasaba por la puerta de la universidad y se me ha ocurrido entrar por si estabas para saludarte y darte las gracias por tu ayuda.

—Vaya, pues sí que es una gran casualidad...—comentó incrédula.

—¿Cómo estás? ¿Lograste ir a Londres? —le pregunté intentando comenzar una conversación.

—Vamos a tomar un té, aquí no podemos hablar.

Después de presentarle al inspector, Badra nos llevó hasta una cafetería cercana a la universidad.

—Entrad, tengo que realizar una llamada, en unos minutos me reuniré con ustedes.

Mientras la esperábamos el inspector llamó varias veces a Eric sin éxito.

—Mañana tengo un examen y no puedo quedarme mucho tiempo —comentó Badra sentándose en la mesa —. Realmente, ¿a qué ha venido, señorita Paola?

—Tutéame, por favor. Ya no estamos en la residencia del señor Abdel. Me quedé preocupada cuando me ayudaste a escapar y quería saber si te trajo algún tipo de represalia.

—No me pasó nada, por suerte nadie se dio cuenta de que te di unos minutos antes de anunciar tu huida. Al día siguiente me pagaron el dinero estipulado por mi trabajo y el mes que viene iré a Londres con mi novio. Todo salió bien. ¿Cómo es que todavía estás en África? Pensaba que ya habrías regresado a tu país.

Mientras hablábamos el inspector salió a realizar unas llamadas para informarse sobre el atentado. Badra me contó sus planes de futuro; seguía con la idea de trabajar para una ONG junto a su novio. Tenía un brillo especial en sus ojos provocado por la ilusión que se posee a los veinte años en conseguir un futuro prometedor: amor y trabajo para toda la vida. Tras nuestra conversación, seguía pensando que era una chica buena y sincera. Quizá si viviéramos en el mismo país llegaríamos a ser amigas.

Aprovechando que no estaba el inspector le pregunté si conocía a Biko.

—¿Te refieres al hijo de mi padre?

—Creo que sí. En estos días he conocido a un joven muy agradable, y cuando me contó su historia lo relacioné contigo. Él piensa que tú eres la culpable del distanciamiento con su padre.

—Debe ser él. Es muy cabezota, yo no tengo nada que ver.

—Deberías de hablar con él; si quieres ayudar a los niños... ¿por qué no le ayudas también a él?

—Porque lo considero un caso perdido —respondió finalizando la conversación.

Nada más terminarse el té se marchó para continuar estudiando. Al quedarme sola la preocupación por lo que les había podido suceder a mis amigos se apoderó de mi mente; Eric, Raquel, Fadil...No quería pensar en este último y desvié mis pensamientos a la conversación mantenida con Badra.

—Perdona, he llamado a comisaría para informarme del atentado —se disculpó el inspector sentándose a mi lado. ¿Y su amiga?

—Tenía que estudiar y se ha marchado. ¿Le ha llamado Eric? ¿Qué le han contado sobre el atentado?

—Eric sigue sin contestar al teléfono. Los datos que me han dado son más o menos los mismos que ya sabemos. Hay mucha confusión en la ciudad y se están tomando varias medidas de seguridad.

—¿Se sabe el nombre de las personas que han fallecido?

—Todavía no lo han hecho oficial, deben de estar identificándolas. Solo me han podido decir que entre las víctimas se encuentran civiles, soldados y posiblemente un terrorista.

—Inspector, prométame que en cuanto tenga los nombres de los fallecidos me los dirá.

—No se preocupe. Ya he dado la orden de que indaguen si entre ellos se encuentran sus amigos. ¿Le apetece caminar o ir de compras? Todavía nos queda algo de tiempo antes de llevarla al aeropuerto.

—Estoy bastante intranquila, lo único que quiero es hablar con Eric.

—La comprendo. Anímese, seguro que no le ha pasado nada, ni a él ni a Raquel. Vayamos a dar una vuelta, en la calle de enfrente he visto que hay unas tiendas que seguro que le van a gustar.

Salimos de la cafetería y caminamos hasta llegar a un semáforo para cruzar la avenida. Todo ocurrió muy rápido: un coche a gran velocidad nos alcanzó. Una mano tiró de mí desplazándome y poniéndome a salvo, pero el inspector sufrió el impacto del vehículo. Rápidamente me giré para saber quién me había ayudado, pero solo observé a un hombre que corría alejándose del lugar donde me encontraba. El inspector estaba tumbado en la carretera y, dos hombres, tomándolo en brazos lo situaron sobre la acera.

—¡Que alguien llame a una ambulancia! —grité angustiada.

Observé como un hombre realizaba una llamada y me arrimé al inspector.

—¿Se encuentra bien? ¿Le duele algo?

El inspector abriendo los ojos me miró.

—Menos mal que reaccioné a tiempo y solo me ha rozado la pierna izquierda. Me duele mucho, no creo que pueda caminar. Lo que me fastidia es que no he podido tomar la matrícula del coche.

—Siempre cumpliendo con su cometido, aunque se trate de su vida. Me alegro de que se encuentre bien —dije temblando, pero sonriendo para animarlo.

—El vehículo se ha dado a la fuga, creo que querían matarnos, o al menos, asustarnos. Paola, tiene que salir del país, pero no regrese a España. Tome un taxi blanco, diríjase al aeropuerto de Mohammed V y tome el primer vuelo que salga.

—¿Por qué no puedo ir a España? ¿Y dónde voy a ir?

—No hay tiempo de explicaciones. ¿Tiene dinero?

—En efectivo, no, pero tengo una tarjeta de crédito.

—Vaya a un cajero y saque dinero para pagar su pasaje. No utilice la tarjeta en el aeropuerto, no sabemos si la tienen controlada.

—Me está asustando.

—Tome —dijo sacando de su chaqueta un teléfono móvil y entregándomelo.

—¡Es mi teléfono! ¿Dónde estaba? ¿Cómo es que lo tenía usted?

—Lo encontré. Ahora haga lo que le he dicho y márchese. Yo estoy bien. Váyase, ya está llegando la ambulancia.

—No quiero dejarle solo.

—Paola, soy inspector; yo estoy a salvo, pero usted no. Por favor ¡márchese ya!

—Está bien. En cuanto salga del país le llamaré para saber cómo se encuentra.

Tal como me sugirió el inspector, salí corriendo y busqué un cajero para sacar dinero. A continuación, tomé un taxi que me llevó hasta el aeropuerto.

Al llegar observé a varios hombres mirándome fijamente. Estaba asustada, existía la posibilidad de que alguno de ellos viniera a por mí. Aunque había policías armados controlando el aeropuerto no lograba tranquilizarme. Nerviosa me informé sobre los próximos vuelos; no sabía cuál sería mi destino, solo quería salir cuanto antes del país. El vuelo a Londres salía en cuarenta minutos y pensé que era una buena opción. Como no llevaba equipaje tenía el tiempo justo para ir al aseo antes de embarcar.

Sentía cómo todos los hombres me observaban, podía ser que estuviera algo obsesionada o quizá solo fuera por mi pelo color naranja, pero no me sosegué hasta que me abroché el cinturón en el asiento que me había correspondido. La duración del vuelo era de seis horas con escala en Barcelona.

El avión despegó, comenzaba a alejarme de África. Echaría de menos su color, sus paisajes, su esencia, la sonrisa de sus habitantes. En cierta forma había establecido una especie de conexión, pero era el lugar donde se encontraban mis captores y esperaba no tener que volver jamás. Me habían sucedido tantos percances seguidos que no me había dado tiempo a entrelazarlos; necesitaba poner orden a lo ocurrido para intentar encontrarle algún sentido.

Existía la posibilidad de que Roi me hubiera raptado con fines sexuales para utilizarme en la fiesta lujuriosa en el palacete de Abdel. Pero como creía tía Mati, debía de haber algo más. Alguien me había dejado una piedra con un círculo azul dibujado, que podía significar una invitación para formar parte de la organización. ¿Por qué me querían integrar? No tenía sentido. Por otro lado y, posiblemente relacionado, estaba Fadil; nunca me delató e incluso me sacó de la residencia de Abdel y me amó, aunque pudiera tratarse solo de un capricho. Si la organización funcionaba a través de favores que se hacían entre sus miembros, quizá yo fuera su favor, y si tuvo que devolverlo, tal vez le pidieran que fuera a Grand Bassam...No, no quería ni pensar que Fadil estuviera implicado en el atentado, no podía ser; conllevaría que a Eric y a Raquel les hubiera podido suceder algo a manos de un hombre que tuvo que corresponder a un favor por mí, y eso no lo soportaría. Tenía que olvidarme de él, borrarlo de mi mente como si nunca hubiera existido. Mis pensamientos me llevaron hasta Enam; por querer ayudarme era posible que lo hubieran obligado a formar parte del extraño ejército juvenil. Me sentía culpable por todo lo que les estaba sucediendo a mis amigos. Quedaban muchas piezas sueltas para que todo cobrase sentido. Hasta el momento me había ido salvando de todos los peligros que me acechaban, quizá la piedra naranja que me entregó Shaira realmente me estuviera protegiendo, aunque podía ser pura casualidad. El inspector Damien Allard también había contribuido en mi salvación, pero ¿por qué tenía guardado mi teléfono móvil? Y... ¿Quién nos quiso atropellar? La única que sabía el lugar exacto donde estábamos era Badra, pero no la consideraba capaz de hacer algo así.

La sucesión de dudas y preguntas atormentaron mi mente hasta que aterrizamos en el aeropuerto de Barcelona.

Contaba con una hora antes de embarcar en el avión que me llevaría hasta Londres. Tenía apetito y me senté en uno de los restaurantes del aeropuerto para cenar algo. Eran cerca de las once de la noche, aunque era tarde, debía de llamar a mi familia. Había estado fuera diecisiete días. Para no preocuparlos tía Mati les había explicado que un antiguo amor me había persuadido para que realizara, de improviso, un viaje con él, pero no sabía cuándo fue la última vez que contactó con ellos. Sin saber bien qué era lo que les iba a decir, los llamé. Noté cómo se alegraron al escuchar mi voz, estaban muy preocupados; no sabían nada de mí ni de tía Mati. Me dijeron que, al no saber nada de ella desde hace unos días, habían comunicado mi desaparición a la Policía. Para tranquilizarlos les aclaré que me encontraba bien y que me dirigía a Londres para intentar reunirme con Mati. Les pedí que fueran a mi casa y cogieran mi teléfono móvil; necesitaba varios números de personas que tenía anotados en mi agenda y quedé en llamarlos al día siguiente. Al estar en Barcelona me acordé de mi amigo Martín, quizá estuviera por aquí visitando a su hijo, si tuviera su número lo llamaría. Lo último que sabía de él era que siempre andaba viajando por trabajo. Lo notaba más centrado y estaba pasando una etapa en su vida en la que quería estar solo para encontrarse a sí mismo. Aunque solo hubiesen sido unos minutos, me hubiera gustado verlo. Cuando regresara a España lo llamaría y quedaría con él, si es que alguna vez lograba volver...

XIII. MI6

Inglaterra, 14 de marzo de 2016

A las dos y media de la madrugada aterrizamos en el aeropuerto de Heathrow. Estaba cansada y como no sabía dónde ir, tomé un taxi para que me llevara al hotel más cercano. Nada más entrar en la habitación llamé a Eric, pero su teléfono no daba señal. Me tumbé sobre la cama con la única intención de probar si era cómoda, pero de inmediato me quedé dormida.

El sonido de llamada de mi teléfono móvil me despertó. En la pantalla no aparecía ningún número de teléfono, sin saber quién podría ser, contesté:

—¿Quién es?

—Paola, soy Fadil.

—¿Fadil? ¿Cómo tienes mi número de teléfono? ¿Estás bien? —le pregunté queriéndolo saber todo.

—Solo te llamo para decirte que me encuentro bien. Adiós, Paola.

—¡No cuelgues, Fadil! ¿Dónde estás? ¡Fadil, mi amor, háblame! ¡Fadil!

Me desperté gritando el nombre de Fadil. Había sido un sueño tan real que hasta cogí mi móvil para comprobar si me había llamado. Aunque quería olvidarme a toda costa de él, el subconsciente me lo recordaba a través de los sueños.

Hacía frio y el atuendo que llevaba era veraniego; tenía que comprarme con urgencia ropa nueva. Después de darme una relajante ducha, me dirigí a la *boutique* del hotel donde adquirí solo una chaqueta, ya por la tarde iría a la zona comercial de Londres.

Mientras desayunaba planifiqué las cosas que debía de hacer por la mañana: en primer lugar, iría a la agencia donde trabaja tía Mati, el MI6.

Al entrar en el Servicio de Inteligencia Secreto me pidieron la documentación; el pasaporte que tenía era falso y, al explicarles quién era realmente, después de registrarme, me llevaron hasta un despacho situado en la primera planta del edificio.

—Así que usted es la sobrina de la agente Matilda — profirió un señor sentado tras una gran mesa de madera, observándome detenidamente.

—Sí. Siento no poder identificarme, pero me raptaron y me llevaron hasta África sin ningún tipo de documentación.

—Estoy al tanto de lo ocurrido y me alegro de que se encuentre bien. Aunque la creo, debemos tomarle las huellas dactilares para verificar que es usted.

—Lo entiendo.

Una señora entró en el despacho portando un aparato y me tomó las huellas. Pasados solo unos minutos comprobaron que era yo.

—Mi nombre es Brendan Cook y, aparte de compañero, soy muy amigo de su tía, por lo que puede confiar en mí. Dígame, ¿por qué ha venido a Londres? Lo último que sabemos de usted es que la rescataron y se encontraba a salvo en Grand Bassam.

—Me volvieron a capturar y cuando logré escapar, el inspector Damien Allard me advirtió de que no regresara a España, así que decidí venir a Londres. Es una historia larga de contar, ahora lo que quiero saber es dónde está Matilda.

—Si quiere que la ayude, me lo tendrá que contar todo, aunque entiendo que lo principal para usted sea saber dónde se encuentra su tía.

—Quiero hablar con ella, en esta ciudad no conozco a nadie y, después de lo que me ha sucedido, necesito su apoyo y ayuda.

—Comprendo, aunque en estos momentos no va a ser posible porque no sabemos dónde se halla.

—Pensaba que sabían todos los movimientos de su equipo. Sé que ella viaja mucho, quizá se encuentre en algún lejano país realizando alguna colaboración o puede que esté en Texas con John...

—Señorita Paola, le voy a facilitar información que no podrá contar a nadie; me lo tiene que prometer.

—De acuerdo, se lo prometo. ¿Dónde está tía Mati?

—La última vez que usted la vio fue el día cinco de este mes en Grand Bassam, ¿no es así?

—Sí, tenía una reunión urgente en Londres al día siguiente y se marchó por la tarde.

—Lo último que sabemos de ella es que el día siete por la tarde tenía que ir a recoger unos documentos a una de nuestras oficinas secretas ubicada a las afueras de Londres. Esa tarde hubo una explosión en la «Casa Verde», como así llamamos a esa oficina. No sabemos si se encontraba allí; cuando llegamos, a la única persona que hallamos fue al vigilante de seguridad. Estaba inconsciente, y por desgracia, todavía se encuentra ingresado en el hospital en estado de coma.

—¿Saben si ella había estado allí? ¿Le ha podido pasar algo? ¿Qué fue lo que provocó la explosión? —quise saber muy preocupada.

—Tranquilícese, creemos que debe de estar bien.

»Como le he dicho, cuando los agentes entraron en la Casa Verde su tía no estaba allí, pero localizaron su teléfono móvil en los alrededores. Suponemos que por algún motivo escapó y lo perdió. En algunas ocasiones, de acuerdo con nuestro protocolo de actuación, si un agente cree que puede estar en peligro de ser descubierto, debe de esconderse durante un tiempo sin tener ningún contacto con nadie. Pensamos que esta puede ser la situación por la que está atravesando Matilda y, cuando ella lo crea conveniente, contactará con nuestra agencia.

»La explosión fue provocada por un objeto proveniente del exterior. Es posible que la finalidad pudiera ser la destrucción de alguno de los documentos que se encontraban guardados, todavía no lo sabemos con seguridad. Estamos investigándolo y creemos que puede estar involucrado el exagente Alan, antiguo novio de su tía. No hemos notificado este hecho a nadie y menos a la prensa. Confío en su discreción.

—Mi tía lo estará pasando fatal; sola, escondida en algún triste lugar.

—Matilda es una excelente profesional. No es la primera vez que le ocurre algo así, ella sabe muy bien lo que tiene que hacer. No se preocupe, seguro que muy pronto se comunicará con nosotros.

—Eso espero. Ahora, sin poder hablar con mi tía, no sé qué hacer.

—Yo le ayudaré en todo lo que necesite, pero para ello me tendrá que explicar lo que le ha sucedido en África.

Después de informarle sobre lo acontecido me llevó hasta un pequeño despacho que disponía de prensa para que me entretuviera mientras él redactaba un informe.

—¿Puedo utilizar el teléfono para realizar unas llamadas?

—Sí, pero marque siempre antes este botón para que sean ocultas.

Primero llamé a mi familia y les indiqué que me dieran el teléfono de Ana, una compañera de trabajo, y el de Raquel. Además, les pedí el favor de que cambiaran la cerradura de la puerta de mi casa; Roi había entrado una vez y quería asegurarme de que no lo pudiera hacer más.

Con la excusa de que me encontraba fuera del país realizando un curso de formación, le pedí a Ana el favor de que se ocupara de los pocos clientes que aún tenía. Después, telefoneé a Raquel, pero saltó el contestador, así que le dejé un mensaje de voz.

—Señorita Paola, ¿tiene usted dinero? —me preguntó Brendan entrando en el despacho.

—Dispongo de una tarjeta de crédito que me entregó mi tía. Es muy espléndida.

—Si me la entrega se la cambiaré por otra tarjeta más segura con el mismo capital. También le proporcionaré un teléfono móvil nuevo desde el que podrá llamar y recibir llamadas.

—Es usted muy amable. Quisiera telefonear al inspector Damien Allard para saber cómo se encuentra, y después, a la notaría de Eric. El problema es que no tengo sus números de teléfono.

—No se preocupe, enseguida se los traerá mi secretaria —dijo dirigiéndose hacia la puerta.

—¿Podría darme también el número de un agente llamado Peter?

—¿Peter? ¿Se refiere al amigo de Matilda?

—Durante un tiempo mantuvieron una relación y he pensado que, como estoy sola en Londres, quizá pudiera conocerlo.

—Lo llamaré personalmente y le pediré que se ponga en contacto con usted.

Pasados diez minutos la secretaria de Brendan entró en el despacho entregándome una tarjeta con los números de teléfonos solicitados.

—Gracias, son ustedes muy eficientes. ¿Habla usted francés?

—Sí. ¿Quiere que le traduzca algo?

—Quiero pedirle el favor de que llame a unas personas haciéndose pasar por mí. Solo tendrá que preguntar por ellas y, cuando las localice, me pondré al teléfono.

—Está bien. ¿A quién quiere que llame primero?

—A la comisaria de Abiyán. Pregunte por el inspector Damien Allard. Si no puede atender la llamada, pida su número de teléfono personal.

Con atención, escuchaba como la secretaria hablaba con un perfecto acento francés.

—El inspector no se encuentra en comisaría y la persona con la que he hablado no está autorizada para dar su número de teléfono personal. Me ha dicho que lo llame mañana. ¿Alguna otra llamada?

—Sí, por favor. Llame a la notaría y pregunte por el señor Eric.

Marcando el número de teléfono realizó la llamada. Estaba nerviosa, en cuestión de segundos sabría si a Eric le había sucedido algo durante el atentado.

—Es el contestador. ¿Quiere que le deje algún mensaje?

—No, ya lo llamaré más tarde, gracias.

—¿Necesita algo más?

—Nada, es usted muy amable.

—Que pase un buen día —se despidió saliendo del despacho.

Me quedé intranquila; Eric a esas horas siempre estaba trabajando y me resultaba extraño que nadie hubiera contestado a la llamada en su oficina.

—Ya le he organizado todo —comentó Brendan entrando en el despacho—. ¿Dónde se hospeda?

—Tengo que buscar un hotel, pensaba hacerlo ahora.

—Venga a mi despacho, le entregaré su nueva tarjeta de crédito y un teléfono. Además, le voy a recomendar dos hoteles céntricos, aunque solo es una sugerencia.

Al salir del MI6 comencé a caminar sin tomar ninguna dirección; solo quería mezclarme entre la gente y observar las bonitas calles de Londres. Sin embargo, mi mente seguía en África; miraba a mi alrededor, pero no observaba nada, era como un fantasma que vagaba sin rumbo fijo por la ciudad. Tenía que cambiar de actitud. Al pasar por delante del Big Ben le pedí a un señor que me realizara una fotografía con la cámara de mi nuevo teléfono. El hecho de poder comunicarme y entender el idioma hacía que me sintiera más segura, pero por muy bonita que fuera la ciudad, echaba de menos el colorido de África; la vegetación exuberante, la selva, el sol, el mar...

Después de almorzar en el restaurante The Red Lion me dirigí a uno de los hoteles que me había recomendado el agente Brendan. Reservé habitación para tres días, aunque todavía no sabía el tiempo que iba a permanecer en Londres.

Nada más entrar en el cuarto comencé a llorar. Tumbada sobre la cama las lágrimas brotaban cada vez con más fuerza. El llanto comenzó a tener un sonido, al principio tenue, después aterrador; toda la tensión acumulada durante los últimos días estaba empezando a aflorar a través de lágrimas y gemidos. El solo hecho de pensar que les había podido ocurrir algo malo a mis amigos me impedía respirar. Inundada en un mar de lágrimas me quedé dormida.

Cuando abrí los ojos eran las cinco de la tarde. Estaba algo más calmada y decidí llamar a la notaria. Había escuchado atentamente cómo la secretaria había realizado las llamadas y, tomando mi nuevo móvil, telefoneé. Una señora atendió mi llamada y, comunicándole que era Paola, le solicité hablar con el señor Eric.

—¡Paola! ¿Eres tú? ¿Cómo estás? ¿Dónde te encuentras?

—¿Eric? ¿Estás bien? —le pregunté expectante.

—Estoy bien. No sabes lo preocupado que he estado por ti. Menos mal que me has llamado. ¿Dónde estás?

—Estoy en Londres. El inspector me recomendó que no fuera a España. Estaba muy intranquila por ti y por Raquel, no sabía si os había ocurrido algo. Desde que me enteré del atentado he intentado localizarte una y otra vez, estaba desesperada por hablar contigo.

—Viví el atentado de cerca. Me encontraba a solo unos metros de los atacantes. Fue horrible. Iba caminando por la playa cuando unos hombres armados comenzaron a disparar; enseguida reaccioné y corrí hasta uno de los hoteles de la playa. Allí nos refugiaron en uno de los salones. En la huída debí de perder el teléfono, por eso no pude atender ninguna de las llamadas. Esta mañana estuve en comisaría, pero el inspector no se encontraba allí y no pude averiguar si te había ido todo bien. No podía llamarte, pues tu número lo tenía grabado en la agenda del teléfono que perdí y hasta mañana no me dan uno nuevo. ¿Cómo resultó el viaje a Casablanca? ¿Por qué no estás en España?

—En Casablanca un vehículo intentó arrollarnos; yo resulté ilesa, pero al inspector le rozó una pierna y lo llevaron al hospital. Creo que esa fue la razón por la que me ordenó que no viajara a España.

—¿Me estás diciendo que han querido mataros?

—No lo sé, el coche se dio a la fuga y el inspector piensa que fue un acto deliberado. Por ello estoy en Londres.

—¿Has localizado a Mati?

—No. Esta mañana he estado en la agencia para la que trabaja, ellos no saben dónde está, pero me han asegurado que se encuentra bien y que pronto sabremos de ella. Y Raquel, ¿sabes si está bien?

—Hablé con ella media hora antes del atentado y se encontraba con Fabrice realizando una excursión a un poblado cercano a Grand Bassam. Me dijo que hoy regresaba a Abiyán, así que cuando termine de trabajar iré a visitarla a su hotel.

—Espero que regrese a España. Cuando la veas, dale este número de teléfono y pídele de mi parte que me llame. ¿Qué noticias hay de Enam?

—Esta mañana he hablado con uno de los agentes que llevan el caso y me ha confirmado que el chico se encuentra en el último campamento que estuviste.

—¿En el del ejército juvenil?

—Sí. Van a ir a buscarlo, estaban esperando que el inspector les autorizara el plan que habían tramado. Lo que no sabemos es si se encuentra allí de forma voluntaria o lo tienen retenido.

—Por fin han localizado a Enam y lo van a ir a buscar. No creo que esté allí por gusto, eso espero... Parece que todo se va solucionando.

—Sí, Paola, no hay mal que dure cien años...

—Me gustaría hablar cuando fuese posible con Enam, quiero que me lo cuente todo.

—Por supuesto. Ahora que te tengo localizada te iré llamando para saber cómo estás. ¿Dónde te hospedas?

—En un hotel que me recomendó Brendan Cook, un compañero de trabajo de mi tía.

—Estás lejos de tus captores, así que aprovecha para salir y distraerte. Te vendrá bien.

—Sí, eso haré. Me alegro de hablar contigo, Eric, echaba en falta tus buenos consejos.

Nada más colgar las lágrimas volvieron a brotar, pero esta vez de alegría. Mis amigos estaban a salvo y habían localizado a Enam. No podía dejar de llorar y aun así, me fui a la calle a caminar y a disfrutar de la ciudad como me había recomendado Eric.

Tomé un taxi para ir a Covent Garden. Caminando por el laberinto de callejuelas adoquinadas llegué hasta una *boutique* que me llamó la atención por su llamativo escaparate. Nada más entrar comprobé que había llegado al sitio adecuado; la ropa era de mi estilo. Después de probarme varias prendas me decanté por un traje pantalón de color azul marino y un jersey de color rojo. No pude resistirme a comprar un precioso sombrero azul de fieltro en forma de campana, adornado con una cinta de color roja y, para finalizar, adquirí unos mocasines cómodos para caminar y unos zapatos de tacón alto en color rojo. Las compras habían despertado mi apetito, tenía necesidad de algo dulce y entré en una cafetería. Me senté en una pequeña mesa que había junto a la ventana. Estaba relajada; pensé que me preocupaba demasiado y me adelantaba a determinados hechos antes de saber lo que realmente había ocurrido. Aunque sabía que lo hacía para protegerme y prepararme ante un posible dolor, tenía que cambiar mi modo de reaccionar, era otro de los aprendizajes que me estaba dando la vida. Mis ojos se clavaron en unas deliciosas pastas de té que le estaban sirviendo a una señora y, sin dudarlo, pedí unas iguales y además, tarta de chocolate. No hay nada mejor que el chocolate para aliviar, o al menos, compensar las penas.

Después de merendar me dirigí a unos almacenes para comprar ropa interior, un camisón, productos de belleza y unas gafas de sol; era lo que consideraba de primera necesidad, el resto lo dejaría para mañana.

A las nueve de la noche llegué al hotel. Estaba cansada, como había merendado tarde no tenía apetito y me metí en la cama. No era la hora habitual en la que me solía acostar y tardé tiempo en conciliar el sueño.

El rugir de mi estómago me despertó; tenía hambre. Colocándome el atuendo que traía puesto de África y pintándome un poco los labios bajé al restaurante del hotel. Eran cerca de las once de la noche, no sabía si me iban a poder servir algo de comer. Al entrar, un camarero muy amable me condujo hasta una mesa. No había muchas personas, pero el ambiente era selecto y me arrepentí de no haberme arreglado más. Al fondo, de espaldas a mí, había un señor tocando una bonita melodía en un piano de cola. Mi estómago volvió a sonar y pedí un plato de ternera a la brasa con guarnición de patatas fritas. Lo había pasado tan mal que pensaba resarcirme de alguna manera y por unos días me olvidaría de la palabra verdura. Devoré el plato de carne como si no hubiera comido en días; dudé si pedir o no un postre, ya había tomado dulce por la tarde, pero me seguía apeteciendo.

El camarero, como si hubiera leído mis pensamientos, se acercó portando una pequeña caja de bombones.

—Son para usted —dijo depositando la caja encima de la mesa.

—Gracias, ¿cortesía del hotel?

—No, señorita. Son de parte del pianista.

—¿Del pianista? —pregunté extrañada observando al hombre que tocaba el piano.

En ese momento el pianista giró su cabeza y lo vi.

—¿Fadil? No puede ser...Perdone, ¿cuál es el nombre del pianista?

—Fadil —me respondió el camarero.

—¡Fadil! ¡Fadil! —me desperté gritando su nombre.

XIV. PETER

15 de marzo de 2016

El sueño que había tenido con Fadil alertó mi mente; durante el día no me acordaba de él, había logrado borrarlo de mi cabeza, pero no de mi corazón, y esa debía de ser la causa por la que de noche soñaba con él.

Después de desayunar llamé a la comisaria de Abiyán y enseguida me pasaron con el inspector Damien Allard.

—Buenos días, Paola. ¿Cómo se encuentra? ¿Desde dónde me llama?

—Desde Londres. Me alegro de poder hablar con usted, si está trabajando es porque ya se encuentra mejor.

—Por fortuna no fue nada grave, aunque tengo una lesión en la pierna izquierda que me impide caminar con normalidad y debo de utilizar un bastón.

—¿Ha podido averiguar quién conducía el vehículo que intentó atropellarnos?

—Fue un gran fallo por mi parte el no observar el número de la matrícula y la policía no ha encontrado a ningún testigo que la anotara.

—Debió de ser alguien que sabía el lugar exacto en el que nos encontrábamos.

—Sí, he pensado que quizá Badra tenga algo que ver.

—No lo creo, es una chica que quiere dedicar su vida a salvar las vidas de los niños africanos, quizá alguien nos estuviera siguiendo.

—Es posible, la policía lo está investigando y, al ser inspector, se esforzarán más en descubrirlo. La mantendré informada.

—Inspector, ¿tiene la lista de las personas que fallecieron en el atentado?

—Sí, y sus amigos no se encuentran entre ellas, puede quedarse tranquila.

—Lo sé, ayer hablé con Eric. Quisiera saber si el nombre de una persona figura en esa lista.

—¿Quién, Paola?

—Su nombre es Fadil. ¿Se encuentra alguien con ese nombre entre los fallecidos?

—Déjeme ver un momento... ¿Quién es, lo conoce?

—Solo lo vi una vez —respondí sin querer darle explicaciones.

—Hay un tal Aban Fadil Handal entre los fallecidos; es una de las dos personas que aún no han identificado del todo...—. ¿De qué lo conocía? ¿Qué sabe de él?

—El hombre por el que pregunto es árabe, de complexión fuerte. ¿Coinciden esos datos con los que usted tiene?

—Árabe...sí. Los otros únicos datos que tenemos son su residencia, Casablanca y que era un hombre de negocios. Todavía están investigando si era un civil o estaba vinculado con los terroristas. Paola, creo que hay algo que no me ha contado...

Por unos segundos me quedé en silencio. El inspector se había dado cuenta de que le había ocultado cosas, pero todavía no estaba preparada para hablar de él.

—¿Y usted, inspector? ¿No tiene que contarme algo? El teléfono que perdí lo tenía escondido en su chaqueta...

—Está bien. Dejaremos esta conversación para otro momento. Si recibo información sobre el tal Fadil se la transmitiré.

—De acuerdo. Me gustaría saber cuánto tiempo debería de quedarme en Londres.

—Sería conveniente que permaneciera allí unos días más. Aunque no va a ser fácil, estamos intentando localizar a Roi.

—Espero que lo atrapen pronto. Seguimos en contacto, inspector.

El solo hecho de pensar que Fadil podría estar muerto me provocó un profundo dolor. Los recuerdos de los dos excitantes días que había vivido con él llegaron a mi mente; los paseos por la playa, la noche de pasión...No podía estar muerto, quería que estuviera vivo y volver a estar junto a él, aunque solo fuera por un instante.

El teléfono comenzó a sonar. Era un número desconocido y rápidamente contesté la llamada:

—Buenos días, ¿quién es?

—Buenos días, Paola. Soy Peter. El agente Brendan Cook me ha pedido que la llamara.

—Gracias por llamar, Peter. Mati me habló de usted y como estoy sola en Londres pensé que, quizá, si tuviera tiempo, podríamos quedar.

—Estaré encantado de enseñarle esta ciudad. ¿Le viene bien quedar hoy para almorzar?

—Por mí estupendo.

—¿Le gusta el marisco?

—Me encanta.

—Entonces, a las dos de la tarde nos podemos ver en el restaurante Angler.

—Me parece bien, pero ¿cómo nos vamos a reconocer? Bueno...circunstancialmente tengo el pelo de color naranja.

—Nos reuniremos en la puerta de entrada, seguro que sabré quién es. Hasta dentro de un rato, Paola.

Aunque el tono naranja chillón de mi cabello había menguado, todavía me veía rara cada vez que me miraba al espejo. Tenía que ir a una buena peluquería, pero lo que más me apetecía era ir de compras, así desviaría de mis pensamientos la posibilidad de que Fadil hubiera fallecido.

Llegué al restaurante con diez minutos de antelación. Situándome en el lado derecho de la puerta observaba a las personas que entraban para almorzar. La descripción que me había dado tía Mati de Peter era de cuando tenía treinta años, ahora, después de tanto tiempo no sabía cómo se podría encontrar.

—¿Paola? —me preguntó un señor canoso de ojos azules acercándose a mi lado.

—¿Peter?

—Te he reconocido por tu original color de pelo; el poco que se te ve bajo el sombrero. No te pareces en nada a Matilda —comentó tuteándome—. Entremos, estoy hambriento.

Peter era un hombre atractivo y, pese a su edad, mantenía un cuerpo atlético.

—Si te gusta el marisco hoy vas a disfrutar. Cuéntame, Paola, ¿qué te trae por Londres? Lo único que me han comentado es que estás sola en la ciudad.

—¿No te contó mi tía que me capturaron?

—Hace tiempo que no hablo con ella, además, ayer llegué de un largo viaje de trabajo. ¿Quién te capturó?

—Es una larga historia y si no te importa preferiría no recordarla.

—Como quieras. Sabrás que Matilda ha desaparecido, estoy muy preocupado.

—Sí. Al llegar a Londres tenía la esperanza de averiguar dónde se encontraba, pero el agente Brendan Cook me explicó que por ahora no era posible.

—Me imagino que te habrá contado lo de la explosión...

—Sí, aunque me prohibió hablar de ello.

—Conmigo puedes hablar, estoy al tanto de todo. Piensan que Alan puede estar detrás, pues hace un tiempo estuvo en la lista de posibles agentes implicados en espiar un caso que llevaba Matilda, pero yo creo que no. ¿Por qué iba a tomarse las molestias de provocar una explosión para destruir unos documentos de un caso que prácticamente ya está olvidado? Además, él conocía la existencia de la Casa Verde y, si quería que desapareciera algo, lo habría hecho hace meses. Opino que alguien debió de seguir a tu tía.

—¿Piensas que puede estar en peligro?

—Tu tía es la mujer más fuerte e inteligente que conozco; si corre algún tipo de peligro, sabrá cómo protegerse, aunque eso no evita que esté preocupado por ella.

—Me contó que estuvo enamorada de ti, pero que le fallaste.

—Es algo de lo que me arrepentiré toda la vida. Intenté explicárselo una y otra vez, pero ella no quería saber la razón y se apartó de mí.

—Estabas casado, ¿qué explicación le iba a hacer cambiar de opinión?

—Te voy a contar una parte de mi vida de la que tu tía no sabe algunos detalles.

»Siempre he sido un hombre afortunado. Nada más terminar la carrera comencé a trabajar en la agencia. Era joven, tenía un buen sueldo y quería disfrutar de la vida; salía con frecuencia a cenar y de fiesta con los amigos, viajaba, me divertía y sobre todo era un conquistador nato. Me gustaban mucho las mujeres y, a veces, salía hasta con dos a la vez; poseía dinero, un deportivo y muy buena presencia. El mundo estaba a mis pies. Reconozco que era un joven presuntuoso, pero todo cambió cuando me destinaron a California. Tuve que pasar todo un año allí y mi ritmo de vida se alteró; el carácter de las personas con las que me relacionaba era muy distinto al mío. Me costó trabajo hacer amigos que les gustara las mismas cosas que a mí, y las mujeres, aunque seguía teniendo mi público, no se fascinaban tanto conmigo. Quizá fuera debido a que sabían que en poco tiempo regresaría a Londres. Sin quererlo me volví un hombre más tranquilo; rara vez salía de fiesta y me volqué en mi trabajo. Un día conocí a una mujer de la que en un principio solo me encapriché, pero ella supo ver en mí lo que ni yo mismo conocía, y por primera vez mantuve una relación estable. Un mes antes de regresar a Londres, Mary me dijo que estaba embarazada. En ese momento creí estar enamorado y mi sentido de la responsabilidad, descubierto por ella, hizo que tomara la decisión de contraer matrimonio. Así que regresé a Londres casado para convertirme en papá.

—Tus amigos se llevarían una gran sorpresa...

—Efectivamente, ninguno se lo podía creer.

»Compré una casa en las afueras de la ciudad con la intención de formar una familia. A Mary le costó tiempo acostumbrarse a la vida de Londres y durante el tiempo que duró el embarazo estuve muy pendiente de ella. Cuando dio a luz me propuso que cambiara de trabajo para que no tuviera que viajar tanto y así podría pasar más tiempo en casa. Me puse a buscar otro empleo y comencé a trabajar en una pequeña empresa con un horario fijo. El nivel de vida que había llevado disminuyó, como también los encuentros con mis amigos. A mi exmujer le gustaba vivir bien y me sugirió que hiciera horas extras, entonces hablé con el director de la empresa para la que trabajaba y lo aprobó. Aunque me esforcé en mi nuevo trabajo, no era lo que yo quería. Cada día estaba más triste, todo lo hacía por ella, dirigido por ella. No sé ni cómo ni cuándo recobré mi personalidad y resolví volver a trabajar para la agencia. No me pusieron ninguna traba, al contrario, me abrieron las puertas y mi vida volvió a ser parecida a la de antes.

—Creo que tu exmujer era un poco manipuladora...

—Cuando me di cuenta de ello cambié de actitud. Desde que me conoció supo cuáles eran mis debilidades y las aprovechó a su favor.

—Sabía cómo manejarte a su antojo sin que te dieras cuenta —comenté mientras decapitaba a un langostino.

—Aunque la seguía queriendo no estaba enamorado de ella; no podía amar a una mujer que me utilizaba para sus propósitos, y créeme, eran muchos y variados.

»Comencé a salir de fiesta con mis amigos, los cuales se alegraron de ello. Volví a sacar mi faceta de conquistador y mantuve alguna que otra relación extramarital, siempre cortas en el tiempo y dejando muy claro desde el principio que no quería nada serio. Amigas con derecho a roce. Alquilé con un compañero de trabajo un piso en el centro de la ciudad y, a veces, me quedaba a dormir allí. Al principio a Mary no le pareció bien, pero ella sabía que había cambiado y prefería aceptar la nueva situación con tal de que me quedara a su lado. Poco a poco el amor que sentía por ella se fue apagando, pero continué la relación por mi hijo pequeño.

»Mi mundo volvió a cambiar cuando conocí a Matilda. No era el tipo de mujer en la que me solía fijar; lo que me llamó la atención fue su sonrisa y la chispa de sus ojos al mirarme. Tu tía era una joven muy alegre y con muchas ganas de aprender y llegar lejos en la vida. Al principio, tengo que reconocerte, que para mí era una conquista más, pero me enamoré de ella como un loco. Fue la primera vez que me planteé separarme de mi mujer y hasta se lo llegué a insinuar, pero a los pocos meses se volvió a quedar embarazada.

—Parece que lo hizo adrede...

—Posiblemente, pues rara vez manteníamos relaciones sexuales, pero traía un hijo mío al mundo y me quedé a su lado. Sería un poco canalla con las mujeres, pero era un hombre responsable con la familia.

»El pensar que Matilda se pudiera enterar de que estaba casado no me dejaba dormir. No quería perderla, era la mujer de mi vida y sabía que si se lo contaba la podía perder. No volví a tener relaciones con mi mujer, Matilda era la única. Nos gustaban las mismas cosas, teníamos un trabajo que nos apasionaba y me sentía feliz a su lado. Hasta que un día lo descubrió y me abandonó.

—Mi tía lo pasó muy mal, estaba muy enamorada de ti.

—Intenté explicárselo una y otra vez, pero no quería saber nada.

—Lo que ella necesitaba eran pruebas de tu amor. Quería que voluntariamente te hubieras separado de tu mujer.

—Lo entiendo, en ese aspecto le doy la razón, pero tenía un bebé al que cuidar; era un niño enfermizo, necesitaba mucha atención y no era el momento adecuado para plantear una separación.

—¿Qué enfermedad tenía el niño?

—Mary era la que se encargaba de llevarlo a los médicos y me dijo que tenía principio de asma. Con el tiempo me enteré de que solo eran catarros propios de la infancia.

—Entonces, te mintió...

—Así es y le pedí el divorcio, pero ella me amenazó con marcharse a California con los niños. No podía perder a mis hijos y cedí a su chantaje.

—Te tenía bien pillado, ahora comprendo por qué no te separaste en su momento y estoy segura de que Mati también lo hubiera entendido.

—Pero ella no me dio nunca la oportunidad de explicarme. Hablamos de muchos temas, pero nunca sobre lo que pasó en mi matrimonio.

»Cuando los niños crecieron me separé de Mary, esta vez no puso ningún tipo de impedimento porque, según decía, había conocido a un hombre mejor que yo. De nuevo intenté acercarme a tu tía, pero no era el momento adecuado; ella acababa de terminar una relación y no la veía con ánimos de iniciar otra. Pensé que nunca más íbamos a estar juntos y me alejé un poco de ella. Con el tiempo comenzó a salir con Alan y hasta llegué a pensar que se casaría con él, pero tuvo mala suerte.

—Peter, ¿estás con alguien?

—Hace un mes que dejé de salir con una mujer que me recordaba a Matilda cuando la conocí: alegre, jovial y con ganas de comerse el mundo. Ahora estoy solo.

—Pienso que Mati y tú tenéis una conversación pendiente.

—Estoy de acuerdo. ¿Te ha gustado el marisco?

—Estaba buenísimo, he disfrutado como nunca.

—Si quieres te llevo a visitar la ciudad.

—Por mí encantada.

A veces un mismo suceso puede tener distintas versiones; mi tía me había relatado la suya y ahora sabía la de Peter. Si lo hubieran hablado en su momento quizá estarían juntos. Pero cuando el amor duele de nada sirven las palabras, lo que importa es que se demuestre con hechos.

Peter en su juventud se había dedicado a pasárselo bien de una forma superficial sin saber realmente cuál era su fondo, y Mary se desvivió por encontrarlo. Cuando alguien entra en nuestro interior y descubre nuestras debilidades y fortalezas estamos expuestos a que nos manejen a su conveniencia sin ser conscientes de ello. Su mujer lo conocía mejor que él mismo y lo manipuló.

Sobre las ocho de la tarde Peter me acompañó al hotel y quedó en llamarme al día siguiente para tomar café. Había pasado un día muy entretenido y por unas horas me había olvidado de lo que ocurrió en África.

Quitándome los zapatos me tumbé sobre la cama y encendí el televisor. El teléfono móvil comenzó a sonar, no tenía ganas de hablar con nadie, pero haciendo un esfuerzo contesté:

—Hola, ¿quién es?

—Hola, Paola. Soy Raquel.

—¡Raquel! ¿Estás en África?

—No, desde hace unas horas estoy ya en Madrid.

—Cuando me enteré del atentado temí que te hubiera pasado algo, Eric me había contado que estabas en Grand Bassam con Fabrice y...

—¡Odio a Fabrice! ¿Sabes qué me hizo?

—Cuéntame, soy toda oídos.

—Se empeñó en hacer una excursión a un poblado cercano a Grand Bassam y, por no llevarle la contraria y mostrarle que era una chica de mundo, acepté la idea con agrado. Íbamos en un *jeep;* se metió a gran velocidad por una carretera de tierra de color roja y me llené de polvo hasta las orejas. Estaba horrible, chica. Llegamos hasta un poblado de casas de barro con los techos de palma, tercermundista...No le encontraba el encanto por ningún lado. Nada más bajarnos del coche Fabrice recibió una llamada. Me dijo que tenía que ir urgentemente a un sitio y que enseguida vendría a recogerme. Montándose en el vehículo se marchó y, ¡me dejó sola en el poblado! ¿Te lo puedes creer?

—¿Adónde tenía que ir con tantas prisas?

—¡No me lo dijo! Estaba furiosa, no sabía qué hacer. Me puse a caminar por el pueblucho; la gente me miraba y sonreían, intenté hablar con ellos, pero nadie me entendía. Hacía calor, estaba llena de polvo rojo y mis tacones se clavaban en el suelo cada vez que daba un paso. De pronto me acordé de ti; pensé que quizá querían secuestrarme y por ello Fabrice me había dejado sola allí. Me entró un ataque de pánico y me puse a gritar. Un señor se acercó y me dio agua, después me indicó que lo siguiera hasta un coche desvencijado y creí entender que sus intenciones eran sacarme de allí. Me subí al vehículo con el señor y salimos del poblado por el polvoriento camino rojo. Al llegar a la carretera principal me sentí a salvo, pero a unos dos kilómetros, colocando su mano sobre mi pierna, se desvió por otro de esos caminos de tierra roja y sin pensarlo salté del coche. Caminando llegué hasta la carretera con la intención de que algún conductor se apiadara de mí y me llevara a la ciudad. Pero solo pasaban camiones a gran velocidad hasta que por fin alguien paró. ¡Tuve que viajar en una mil kilos!

—¿A qué te refieres con los mil kilos?

—Así llaman a esas camionetas destartaladas que van llenas de pasajeros, animales, comestibles... ¡Un auténtico horror! Como no había asientos vacíos tuve que ir de pie al lado de una señora y sus gallinas...hasta una puso un huevo durante el trayecto. ¿Te lo puedes creer?

—Menuda situación —comenté riéndome.

—Al llegar a la entrada de Grand Bassam la policía nos hizo bajar de la camioneta. No sabía qué era lo que ocurría y me tuve que ir andando hasta el hotel. Allí me contaron lo del atentado; rápidamente hice la maleta y contraté a un taxista para que me llevara para Abiyán.

—¿Y qué pasó con Fabrice?

—Me llamó varias veces, pero no atendí sus llamadas. Estaba muy enfadada y además, tenía miedo. Cuando llegué a mi hotel me encerré en mi habitación y desconecté el teléfono, así, si alguien quería chantajearme como la otra vez o capturarme como a ti, no me podrían localizar. Por la mañana llamé a mi agencia de viajes y les encargué que me buscaran un vuelo para España, a ser posible, para ese mismo día. Por la tarde, justo en el momento que me marchaba del hotel, vi a Eric y me dijo que te llamara. Se alegró mucho de que regresara a España.

—Y yo también me alegro, Raquel. Ese lugar no es seguro para ninguna de las dos. ¿No volviste a hablar con Fabrice?

—No le cogí el teléfono hasta que llegué a España. Me puso la excusa de que tuvo que marcharse porque un buen amigo había tenido un accidente cerca del lugar donde estábamos. Cuando regresó al poblado y no me vio se asustó y estuvo buscándome todo el día. Me ha pedido mil disculpas, pero te juro que después de esta jugarreta no pienso volver a verlo nunca más. ¡Le odio!

—A ver si es verdad y de una vez te olvidas de él.

—No es que lo vaya a dejar porque tú me lo hayas pedido muchas veces; lo dejo porque no me puedo fiar de un hombre que me deje abandonada en un poblado en medio de la selva.

—Sí, no es normal y además, coincide con el día del atentado...Es extraño.

—Y tú, ¿cómo estás?

—A mí también me han sucedido cosas desagradables de las que en este momento no quiero hablar. Ahora estoy en Londres, me quedaré por aquí unos días.

—Cuando regreses a España podríamos vernos. Por cierto, me compré un traje igual que el tuyo, espero que no te importe.

—¿El caftán dorado?

—Sí, ese y dos más; son ideales, seguro que los pongo de moda.

—No me importa. Mi equipaje se quedó en Casablanca en el coche del inspector y no creo que lo recupere.

—¿En Casablanca? Ya me contarás...

—Cuando regrese a España te llamaré, ahora no me apetece hablar.

—De acuerdo, espero tu llamada.

A todos mis amigos que sabían la historia de Roi les había ocurrido algo durante el tiempo que estuve desaparecida en África, pero por suerte se encontraban a salvo; solo me faltaba recibir buenas noticias de Enam, de tía Mati y, a ser posible, de Fadil.

Después de cenar en el restaurante del hotel me acosté. A las tres de la madrugada me desperté sobresaltada; había tenido otro de mis extraños sueños. Me encontraba en la playa de Grand Bassam tumbada sobre una hamaca bebiendo un cóctel de coco. Llevaba puesto un escueto bikini de color blanco. Observé a unos niños montados en camellos; nada más verme se quedaron quietos mirándome y comenzaron a reírse. A continuación, apuntando con sus rifles dispararon y las balas desabrocharon mi bikini quedándome desnuda. Un hombre que caminaba por la orilla cantando una melodía francesa, al contemplar lo ocurrido se acercó y, quitándose la túnica me la ofreció para que cubriera mi cuerpo. Agradecida me coloqué la prenda. El hombre, sin dejar de mirarme, se sentó a mi derecha y los niños se sentaron a la izquierda, estaba acorralada. De reojo miré al hombre y su cara se había convertido en la de Roi, rápidamente giré la cabeza a la izquierda y la cara de uno de los niños era la de Abdel. Cabalgando sobre un caballo negro, vestido con una chilaba blanca, apareció Fadil y, tomándome entre sus brazos, me llevó con él. De pronto, unos hombres armados comenzaron a disparar y me desperté. Después de dar varias vueltas en la cama me volví a quedar dormida.

Por la mañana fui a una peluquería; me aconsejaron que era mejor esperar que se fuera la henna sola con los lavados que teñirme el pelo, así que solo me corté las puntas. El resto del día lo pasé visitando museos, comercios y diversos barrios de la ciudad, y por la noche cené con Peter. Cada día me sentía más cómoda en Londres; mis temores se estaban alejando y la tranquilidad estaba llegando a mi vida.

XV. TÍA MATI

17 marzo de 2016

A las nueve de la mañana me llamó el agente Brendan Cook para pedirme que me reuniera cuanto antes con él en su despacho. No me había informado de qué asunto se trataba y, arreglándome rápidamente, invadida por la curiosidad, a las diez ya me encontraba en la puerta principal del MI6.

Nada más entrar, un agente se acercó y me acompañó hasta su despacho.

—Buenos días, Paola. ¿Cómo va su vida en Londres?

—Cada día me siento mejor en esta ciudad, además, Peter me hace mucha compañía.

—Me alegro. La he llamado porque tengo noticias de su tía.

—¿Cómo está? ¿Se encuentra aquí?

—Ayer se comunicó con uno de nuestros agentes. Está bien, esta tarde nos reuniremos con ella. He pensado que, aunque sé que está deseando verla, es mejor que primero nos informe de lo que le ha sucedido y después hable con usted.

—No me importa esperar, entiendo que lo primero para ella sea el trabajo y sobre todo después de haber estado desaparecida durante diez días.

—Le diré que en cuanto termine la reunión se ponga en contacto con usted.

—¿Se lo puedo contar a Peter?

—Sí, todavía no se lo hemos comunicado y qué mejor que se entere por usted.

Lo primero que hice al salir del MI6 fue telefonear a Peter y quedar con él para almorzar. Cuando le transmití que por fin había aparecido tía Mati, se emocionó y pude comprobar que aún seguía enamorado de ella.

A las seis de la tarde me fui al hotel; estaba impaciente por hablar con ella, pero no llamó hasta cerca de las nueve de la noche.

—¡Tía Mati! ¿Cómo te encuentras? ¿Qué es lo que te ha ocurrido? —le pregunté con ganas de saberlo todo.

—Estoy muy bien, aunque preocupada por ti. Cuando Brendan me dijo que estabas aquí presentí que algo malo te había sucedido, ¿es así?

—Me han ocurrido muchas cosas, pero ahora estoy a salvo, o eso creo. Estoy deseando hablar contigo. ¿Cuándo nos vamos a ver?

—En media hora estaré en tu hotel. Reserva mesa para cenar y nos pondremos al corriente de lo que a ambas nos ha acaecido.

—Perfecto, me arreglo y te espero en el restaurante, tengo muchas ganas de verte.

Sentada en una mesa contemplé a un hombre tocando el piano y me acordé del sueño que había tenido la otra noche. Con discreción me acerqué hasta él y disimuladamente miré su rostro; no era Fadil.

—¿Paola, conoces al pianista? —me preguntó tía Mati al observar como lo miraba.

Dándole un fuerte abrazo comencé a llorar.

—Tienes que contármelo todo, no te veo bien. ¿Qué te has hecho en el pelo?

Mientras cenábamos le hablé de mis desventuras, pero no me atreví a mencionar nada sobre Fadil.

—Investigaré al Círculo Azul, estoy segura de que no solo te raptaron para llevarte a la fiesta lujuriosa, tiene que haber algo más. Me alegro que el inspector te advirtiera de que no viajaras a España, aquí estarás más segura conmigo.

—Ahora que sabes mi historia tienes que contarme la tuya.

—Está bien. ¿Qué te parece si te la cuento mientras nos tomamos una copa?

—Por mí estupendo, últimamente solo bebo en sueños...

Tía Mati me llevó hasta un pequeño pub situado a pocos metros del hotel. Para ser jueves había pocas personas.

—¿Dónde has estado durante estos días? —le pregunté después de darle el primer trago a mi *gin-tonic*.

—No me encontraba muy lejos de aquí.

»El día siete a las ocho de la tarde fui a la Casa Verde para recoger unos documentos. Me encontraba en la cocina bebiendo agua cuando escuché el estruendo causado por la rotura de los cristales de una ventana. Pensando que alguien lo podía haber provocado, enseguida le grité al vigilante que saliera por la puerta trasera de la casa, tal como estaba haciendo yo. Justo en el momento que salí al exterior oí una explosión y comencé a correr hacía el campo. Pasados unos minutos me paré y observé la casa en llamas. Inquieta miré a mi alrededor buscando al vigilante y, al no verlo, continué corriendo hasta que tropecé con unas ramas cayendo de bruces al suelo con la mala suerte que mi cabeza chocó contra una piedra. Haciendo un gran esfuerzo me levanté y, al tocar la herida, comprobé que estaba sangrando. Por precaución el móvil siempre lo llevo conmigo y, mientras corría intenté hacer una llamada, pero no sé en qué momento me desmayé. Cuando abrí los ojos era de día; no reconocía dónde me encontraba ni recordaba qué era lo que había sucedido. No sabía ni quién era yo. Observándome comprobé que tenía una herida en la cabeza; no llevaba nada encima, ni bolso, ni teléfono móvil. En un bolsillo de mi chaqueta encontré un papel en el que había escrita una dirección. Confundida, comencé a caminar hasta que llegué a una carretera. Por fortuna, una señora paró su vehículo y se ofreció a llevarme a un hospital. Le expliqué que no sabía quién era y le pedí que me acercara hasta la dirección que tenía escrita en el papel. Al llegar al edificio pulsé en el interfono el número del apartamento con la esperanza de que alguien reconociera mi voz. Un señor preguntó que quién era y le contesté que había perdido la memoria y que lo único que llevaba encima era esa dirección; enseguida me abrió y me indicó que subiera. Al llegar a la primera planta, un hombre saliendo de su casa, se acercó, me abrazó y me condujo hasta su apartamento. Cuando le conté lo sucedido me dijo que era mi marido.

—¿Te has casado, tía Mati? —le pregunté de lo más sorprendida.

—El señor me contó que llevábamos solo unos días en Londres y que estábamos buscando una vivienda para comprar en las afueras. Me explicó que la tarde anterior había ido a ver una casa cerca del campo y dedujo que me habría caído, siendo el golpe lo que me provocó la pérdida de memoria. Afortunadamente llevaba conmigo la dirección del apartamento que provisionalmente íbamos a ocupar hasta encontrar la vivienda adecuada.

»Tony, mi marido, no dejaba de abrazarme; me sentía cómoda y segura a su lado. Cuando le pedí que me llevara al hospital me sugirió que, como había perdido la documentación y no podía identificarme, era preferible solicitar antes un duplicado del pasaporte en la embajada, mientras tanto, él me curaría la herida. Al día siguiente me trajo la solicitud de duplicado para que la firmara y también me realizó una fotografía; había hablado personalmente con el embajador y le había autorizado a que él hiciera los trámites necesarios en mi lugar. Tony estaba en todo momento pendiente de mí y no me dejaba salir sola de casa por miedo a que me perdiera. Él iba a la compra, cocinaba, lavaba y me compró ropa, pues por lo visto se había perdido el equipaje en el aeropuerto y aún no lo habían localizado. Aunque no lo reconocía, sentía afinidad con él y no tuve problema en mantener relaciones sexuales; tenía la sensación de que anteriormente había estado con él y le creí.

»El tercer día me entregó mi pasaporte. Me llamaba Mariam Smith y había nacido en Boston. No me acordaba de ningún detalle de mi vida, y Tony no me la quería contar hasta que me encontrara mejor porque recientemente había sufrido un trauma, por ello nos habíamos venido a vivir a Londres.

Por la tarde me comunicó que había encontrado una preciosa vivienda en el condado de Surrey, así que hicimos las maletas y nos desplazamos hasta allí. Era una casa solitaria en medio del campo; el vecino más próximo estaba al menos a un kilómetro. Al principio me negué a vivir en un lugar tan apartado, pero Tony me propuso que probáramos por unos días y accedí. Al día siguiente me llevó al hospital y el médico me diagnosticó amnesia. No se sabía el tiempo que podía durar, quizá solo unos días, y me recomendó que ejercitara la mente. Como no recordaba quién era y qué me gustaba hacer me dediqué a dar largos paseos por el campo. Tony se marchaba por la mañana a trabajar y regresaba para el almuerzo, portando cada día una flor distinta para mí. Con buena intención me propuse cocinar, pero comprobé que no sabía ni freír un huevo. Intenté descubrir cuáles eran mis habilidades y, dado el resultado, pensé que no debía de ser una mujer muy mañosa, puesto que no se me daban bien ningunas de las tareas domésticas.

»El séptimo día comenzaron a llegar a mi mente, de forma difusa, una serie de imágenes: personas, lugares, fuego...Nada más llegar Tony a casa se lo conté y pensó que era posible que estuviera comenzando a recuperar la memoria. Esa noche estuvo especialmente cariñoso conmigo.

»Por la mañana cuando me desperté Tony no estaba a mi lado. Al levantarme sentí un gran dolor de cabeza, parecía que iba a explotar. Me dirigí al lavabo y al mirarme en el espejo me reconocí: era Matilda, agente del MI6. Comencé a recordar todo lo que había sucedido en la Casa Verde: la explosión, el golpe sobre la piedra, mi pérdida de memoria, el papel en el bolsillo con la dirección de... ¿Por qué se habría hecho pasar por mi marido? No le encontraba sentido.

—Entonces, ¿no te has casado? Estoy deseando saberlo desde que me hablaste de Tony. Y también quiero que me expliques por qué tienes una nueva identidad.

—No, Paola, si me hubiera casado te lo hubiera dicho. Todo se lo inventó él...

—¿Quién era Tony? ¿Lo conocías?

—Tony era...Alan.

—¿Alan, tu antiguo novio?

—Cuando fui consciente de lo sucedido no entendía los motivos por los que me había mentido.

—Puede que siga enamorado de ti. ¿Por qué llevabas anotada su dirección? En Grand Bassam me dijiste que no habías vuelto a saber nada de él.

—Cierto, no supe nada de él hasta el día que se produjo la explosión. Esa mañana recibí una carta suya en la que me pedía que quería verme y me dejaba una dirección. Después de anotarla en un papel quemé la carta para que nadie lo supiera hasta que hablara con él. Tenía la intención de ir a verlo después de recoger los documentos en la Casa Verde, por ello llevaba su dirección en el bolsillo de mi chaqueta.

—¿Y qué hiciste, le contaste que sabías que era Alan?

—Ese día llegó a casa más pronto de lo habitual. Cuando me preguntó si habían llegado más imágenes del pasado a mi cabeza, le respondí que no con la intención de averiguar qué era lo que pretendía. Mostrándome unos papeles me pidió que los firmara; según él eran los documentos para la compra de la casa. Poniendo la excusa de que no estaba segura de querer vivir en el campo le dije que quería pensarlo antes de firmar. Él me advirtió de que no había tiempo, que le habían hecho una oferta y que mañana a primera hora los tenía que entregar firmados. Guardando los documentos en un cajón, sin dejármelos leer, me proporcionó una hoja en blanco en la que tenía que estampar también mi firma. Durante todo el día Tony se mantuvo nervioso; andaba de un lado para otro, se tropezaba, se le caían objetos al suelo. Por la noche me imploró que firmara todo, y lo hice sin ni siquiera ojearlos. Observé cómo guardaba la hoja junto al resto de la documentación. Esa noche, cuando intentó acercarse a mí, le puse el pretexto de que me encontraba mal y, en cuanto se quedó dormido, sin hacer ruido me levanté, cogí todos los documentos y me marché.

»Tardé horas en llegar hasta la casa más cercana y allí me refugié hasta que al día siguiente pude llamar a uno de mis compañeros para que viniera a buscarme. Uno de los documentos se trataba de una autorización para que Alan pudiera actuar en mi nombre y así poder obtener datos de la agencia para la que trabajo. Al igual que tú, en un principio pensé que lo habría hecho por amor, pero no era así; pese a que perdí la memoria, mi firma era la misma y él lo comprobó cuando firmé la solicitud del duplicado del pasaporte. Todo lo había planeado con la única finalidad de que firmara unos documentos. Aprovechando que había perdido la memoria se inventó toda esa historia; aunque pienso que Alan sigue sintiendo algo por mí, le puede la ambición.

—¿Y qué ha pasado con Alan? ¿Lo han detenido?

—No hay rastro de él, pensamos que ya habrá salido del país. Otra vez me ha traicionado, me siento estúpida.

—Eres la mujer más inteligente que conozco; fue un cúmulo de circunstancias la que te llevaron a creer la historia que se ingenió.

—Otra experiencia que me ha traído la vida de la que tendré que encontrar un aprendizaje para sobrellevarla mejor...

—Como tú me has enseñado, a cada acontecimiento negativo que te trae la vida hay que buscarle siempre un final feliz, y yo creo cuál puede ser.

—¿Sí? Dame tú opinión, me tienes intrigada.

—Pienso que por fin te has dado cuenta de que Alan no era el hombre ideal para ti y, después de lo que te ha hecho, te vas a olvidar de él para siempre. Además, sé de alguien que verdaderamente está enamorado de ti y creo que debes darle una oportunidad.

—En estos momentos no creo ya en el amor de ningún hombre. ¿De quién se trata?

—De Peter. He estado en contacto con él y tenéis una conversación pendiente.

—¿Peter? Otro que me engañó... ¿No te acuerdas que te expliqué que no me dijo que estaba casado? Además, lo último que sé de él es que tenía una novia que era modelo, a su edad...

—Ya no, ahora está solo, y me consta que de la única mujer que ha estado enamorado es de ti. Prométeme que vas a dejar que te explique su historia. Si no lo quieres hacer por ti, hazlo por mí.

—Creo que Peter te ha abducido, pero si tú me lo pides, hablaré con él.

—No te arrepentirás, puede ser tu final feliz.

—Paola, quiero que te quedes una temporada en Londres. Por precaución me alojo en casa de una amiga, pero voy a alquilar un apartamento y te vendrás a vivir conmigo.

—¿Y por qué no te quedas en tu casa?

—Por ahora no es seguro, Alan sabe mi dirección. Cómo es la vida, a veces tan simple y otras tan complicada...

—¿Por qué nos habrán sucedido esas adversidades? —pregunté pensativa.

—Mi historia es consecuencia de mi trabajo, tú, quizá, estés atrayendo a tu vida el riesgo y puede que ya no puedas vivir sin él; la vida ya no será la misma, te resultará monótona, aburrida, nada excitante. Deberías plantearte trabajar para mí.

—Por ahora no quiero más emociones nuevas, todavía tengo que asimilar lo vivido durante los últimos días...

—El gusto por el riesgo no se descubre de la noche a la mañana, si lo necesitas en tu vida lo sabrás más adelante. Paola, seguiría charlando contigo durante horas, pero estoy muy cansada. Si no te importa mañana continuamos la conversación.

—Te comprendo, tía Mati. Me alegro de que hayas vuelto a la realidad —expresé dándole un fuerte abrazo.

Cuando me acosté pensé si alguna vez me atraería el riesgo o si ya lo llevaba en la sangre. Siempre había sido una mujer tranquila, dedicada a un trabajo más bien cuadriculado al que le dedicaba casi todo mi tiempo y que la única complicación que pudiera acarrear era algún cliente de los que incordian por el mero hecho de querer saber más que nadie, pero me gustaba, dominaba el mundo de las finanzas y no sé si sería capaz de realizar el tipo de trabajo que me ofrecía tía Mati. ¿Yo, una espía? Como no me contratara como contable para su agencia...En este momento no me veo capacitada para otros menesteres.

XVI. ENAM

18 de marzo de 2016

A primera hora de la mañana me llamó tía Mati para comunicarme que iba a estar muy ocupada y no podría quedar conmigo hasta la hora de cenar. Tenía todo el día por delante; iría de excursión al castillo de Windsor.

Después de realizar la visita me dirigí a un centro comercial. Entré en varias tiendas y me probé algunas prendas, hasta que al final me decanté por un traje pantalón de color beige para conjuntarlo con un bonito sombrero del que me había enamorado nada más verlo: de ala ancha ondulada, en distintos tonos de marrón separados por unas pequeñas cenefas en color beige, era muy original.

Nada más terminar de almorzar me fui para el hotel con la intención de descansar un rato. Al entrar, el recepcionista me llamó para comunicarme que un señor había preguntado por mí.

—¿Sabe su nombre? —pregunté con curiosidad.

—Me pidió que lo avisara en cuanto llegara, se hospeda en este hotel —respondió realizando una llamada.

—Pero ¿quién es?

—Me acaba de decir que enseguida baja, que lo espere en el *hall.*

Al maquinar sobre quién podría ser el hombre que se alojaba en el hotel, pensé en la posibilidad de que Roi me hubiese localizado y rápidamente me escondí debajo del mostrador al lado del recepcionista.

—Señorita, ¿qué hace usted ahí? —me preguntó el recepcionista extrañado.

—Puede que el hombre que me busca sea un delincuente. Por favor, no le diga que estoy aquí.

Pasados unos minutos escuché como un señor preguntaba por mí. Su voz me resultaba conocida, era...

¡Eric! —dije pegando un salto, haciéndome visible.

—Paola, ¿qué hacías ahí abajo? —preguntó sonriendo.

—Pensé que podrías ser Roi y me escondí.

—Perdona, ha sido fallo mío; quería darte una sorpresa y no pensé en que te podrías asuntar. Anda, sal de ahí.

—¡Cómo me alegro de que seas tú! —comenté dándole un fuerte abrazo—. ¿Qué haces en Londres?

—He venido a verte, y me acompaña alguien.

Eric se giró, y al hacer una señal con la mano, apareció Enam.

—¡No me lo puedo creer! ¡Enam! —grité emocionada corriendo a su lado.

—¡Amiga Paola! ¡He viajado en avión! —exclamó el chico dándome un abrazo.

—¿Cómo estás, Enam? ¿Te han hecho daño? ¿Cuándo te han encontrado? —le interrogué sin apenas respirar.

—Estoy bien, tengo muchas cosas que contarte.

—¿Qué os parece si vamos a una cafetería? Así podremos hablar con más tranquilidad —propuso Eric.

Después de dejar los paquetes en mi habitación nos dirigimos a una cafetería cercana al hotel.

—Enam, estoy deseando saber qué es lo que te ha sucedido. Todo ha sido por mi culpa, aunque sé que tu intención era ayudarme, no lo vuelvas a hacer nunca más.

—No te preocupes, ya he aprendido la lección. Creía que podría ayudar a los policías a salvarte, pero no lo conseguí.

»Logré esconderme en el coche del agente que iba a rescatarte. Al llegar a una gran casa pensé que, si pillaban al agente, registrarían el vehículo y me descubrirían, así que se me ocurrió salir y esconderme bajo la lona de una camioneta. Cuando os montasteis en el coche, salisteis a tal velocidad que no me dio tiempo a seguiros y me quedé escondido en la camioneta sin saber qué hacer hasta que paró en un campamento, y sin que me vieran, me bajé. En la parte de atrás de la casa había unos niños jugando a la pelota y me uní a ellos. Un señor me preguntó si era uno de los chicos nuevos; pensé que si le contaba la verdad me podrían castigar y por miedo le respondí que sí. Cuando comprobé que todos eran muy agradables y buenos conmigo quise explicarles quién era y pedirles que me llevaran a mi casa, pero apareció un hombre muy serio que nos obligó a mí y a otro chico a irnos con él. No me atreví a contradecirlo y me subí a su coche.

»Caleb, el chico que venía conmigo, no paraba de llorar. Nos llevaron a otro campamento más grande y, después de darnos un macuto con ropa, nos llevaron a una casa de madera en medio de la selva donde había ocho niños más. Pensé diversas formas de

279

escapar, pero era muy arriesgado, además, no quería dejar solo a Caleb. El chico estaba muy triste, no tenía familia. Durante los cinco años que había estado en el campamento había sido feliz; para él eran sus hermanos y ahora se sentía solo. Si lograba escapar de allí lo llevaría conmigo.

Unos hombres nos explicaron que nos iban a preparar para aprender una nueva profesión. Nos despertaban temprano y hacíamos ejercicio durante todo el día; por la tarde estaba agotado. Excepto Caleb y yo, el resto de los niños estaban entusiasmados. Necesitaba salir de allí, echaba de menos a mi madre.

Los dos estábamos todo el día juntos; él era un chico débil y continuamente lloraba. Nos hicimos muy amigos, éramos los mejores compañeros. Amiga Paola, podría haber huido de ese lugar, pero a Caleb le daba miedo escaparse y no podía dejarlo solo.

»Al quinto día nos trasladaron al campamento. Nos dijeron que habíamos pasado la primera fase y que nos integraríamos con el resto del grupo. Todo cambió; la mayoría de los chicos eran mayores que nosotros y se tomaban muy en serio ese extraño trabajo. De día hacíamos ejercicio y al atardecer nos llevaban a la selva para hacer prácticas. Nos entregaron armas de fogueo y nos enseñaron a disparar; primero contra los árboles, después contra objetos. Estaba triste, quería salir de allí, pero nos vigilaban continuamente.

»Una mañana uno de los jefes me dijo que habían venido a recogerme. Estaba contento, por fin me iba a ir, pero les dije que no me marcharía sin mi amigo Caleb. Al principio se negaron, empezaron a discutir y se marcharon a otra sala para que no les escucháramos. Cuando llegaron nos dijeron que nos podíamos ir, debieron de llegar a un acuerdo y los dos nos fuimos juntos del campamento.

Cuando llegué a casa mi madre se emocionó, la pobre había estado muy preocupada. Enseguida nos fuimos a comisaría a ver al inspector. Ya estoy a salvo, amiga Paola.

—Pobrecito, que experiencia más dura has tenido que vivir por mi culpa.

—Estás equivocada, no fue culpa tuya sino de mi mala cabeza; quería ser un héroe y ahora sé que todavía soy muy joven para intentar salvar a mis amigos.

—Eres un chico muy valiente, el mejor. ¿Qué fue de tu amigo Caleb?

—Lo llevaron a una granja donde mandan a algunos de los chicos de su campamento. Allí se siente bien. Hemos quedado en vernos una vez a la semana; mi madre lo va a invitar a casa y yo también iré a visitarlo a la granja.

—Ahora tienes un amigo nuevo, me alegro de que todos estéis bien. Por cierto, ayer estuve cenando con Mati.

—¿Ya ha aparecido? ¿Cómo es que no me ha llamado? —preguntó Eric extrañado.

—No habrá tenido tiempo, está muy ocupada. Esta noche hemos quedado para cenar.

—No le digas que estamos aquí, quiero darle una sorpresa.

Paseamos por las calles de Londres hasta que a las ocho de la tarde nos fuimos al hotel a prepararnos para ir a cenar. Después de tomar una relajante ducha me coloqué mi recién adquirido traje pantalón.

Llegué al restaurante un poco antes de lo previsto con la intención de que mi tía me encontrara sola. Tal como me había indicado Eric, me senté en la mesa de espaldas a la puerta para que Mati se sentara en frente y así los viera entrar.

—Hola, Paola, he tenido un día agotador, ¿y tú? —me preguntó Mati al llegar sentándose frente a mí.

—He realizado una excursión y después he ido de compras. ¿Qué te parece mi vestuario?

—El sombrero es ideal, con lo que a ti te gustan estarás disfrutando en esta ciudad.

—Estoy pagándolo todo con tu tarjeta y me estoy pasando un pelín con las compras, pero me sirve de distracción. Te prometo que te lo devolveré todo en cuanto pueda.

—Paola, no tienes que devolverme nada, sabes que económicamente estoy muy bien. No tengo hijos a quienes hacerles regalos y tú eres mi sobrina favorita. Puedes disponer de la tarjeta a tu antojo, si tú eres feliz, yo también lo soy.

—No sé...preferiría pagártelo, aunque fuera a plazos.

—Por suerte, a mí me sobra el dinero. Además, ahora no estás trabajando. Puedes disponer de la tarjeta hasta que, o regreses a España y continúes con tu vida laboral, o hasta que comiences a ganar dinero trabajando para mí. Ese será el momento en el que me tendrás que entregar la tarjeta. ¿De acuerdo?

—Gracias, tía Mati. Eres muy generosa conmigo.

—Pero...¡No puede ser! ¡Eric está entrando en el restaurante! ¡Eric, Eric! —lo llamó emocionada.

—¡Matilda! —la saludó Eric efusivamente al llegar a su lado dándole un fuerte abrazo.

—Pero ¿qué haces aquí? —le preguntó muy sorprendida.

—Hola...—dije intentando llamar la atención—. Por si no te has dado cuenta, Enam también está aquí...

—¡Enam! ¡Pero qué alegría veros en Londres! No me lo esperaba. ¿Sabías que estaban aquí, Paola?

—Sí, pero Eric quería sorprenderte...

—Pues lo has logrado. ¿Hasta cuándo os quedáis? Sentaos con nosotras y contadme el motivo de vuestra visita a esta ciudad.

—Nos vamos pasado mañana. Enam ha estado varios días desaparecido y su madre lo quiere a su lado.

Mati y Eric se enfrascaron en una conversación que no tenía fin; siempre había pensado que eran muy parecidos y que se llevaban a la perfección. Además, ahora había descubierto otro nexo que tenían en común, el gusto por el riesgo y la aventura. Era la primera vez que no sentía celos al contemplar su compenetración, quizá fuera debido a que ya lo había asimilado. Mientras ellos charlaban pude disfrutar de Enam. Me contó detalles de lo que le había sucedido en el campamento y sobre todo me habló de su amigo Caleb. El haber vivido juntos esa experiencia los había unido, y esas amistades son las que duran toda la vida. Pensé que Enam ya tenía su final feliz, encontrar un verdadero amigo es como descubrir un tesoro y, además, por primera vez había viajado en avión y conocido otro continente. Veía con claridad la parte positiva de lo ocurrido a los demás, pero no encontraba la mía. ¿Tendría yo un final feliz?

Después de cenar tía Mati nos acompañó hasta el hotel y quedamos para volver a cenar todos al día siguiente.

—Paola, ¿te apetece tomar una copa? Quiero hablar contigo y me han recomendado un local que me gustaría conocer.

—Por mí estupendo, pero ¿y Enam? Es demasiado joven para venir con nosotros.

—Yo estoy cansado, lo único que quiero es dormir —comentó Enam bostezando.

Después de acompañar al chico hasta su habitación, Eric me llevó a un pub muy original; elegante y con un ambiente selecto, como a él le gustaba.

—¿Te apetece tomar un cóctel?

—Elígelo por mí, me fío de tu gusto.

—Paola, los días que estuviste desaparecida buscando a Enam te eché de menos. Me había acostumbrado a tenerte cerca de mí y me di cuenta de que te quería en mi vida.

—Tendría que habértelo consultado, no actué con sensatez marchándome sin preguntarte tu opinión. Pero todo ha salido bien y ya me tienes otra vez en tu vida.

—Ya...Pero yo me refiero a otra cosa. Hay una serie de detalles en ti que me llaman mucho la atención; cuando te disfrazaste para ir al cóctel con la intención de ayudar a tu amiga

Raquel, o cuando te vestiste de africana para encontrar a Enam. Admiro tu valentía y lo que te quiero decir es... Bueno, existe la posibilidad de que me asocie con una empresa española y vaya con frecuencia a España y he pensado que podríamos tener una relación, si tú quieres, claro.

Durante unos segundos me quedé callada; no sabía si Eric me estaba pidiendo que quería estar conmigo como amante o como amiga, pues la forma en la que se había expresado era un poco fría.

—Eric, ¿qué tipo de relación quieres que tengamos? —le pregunté directamente.

—Lo que te sugiero es que nos conozcamos más a fondo y, si conectamos, me gustaría que fuéramos pareja.

—Sabes que yo no puedo ir para Abiyán y eso implica que tendríamos una relación complicada.

—Sí, lo sé. Mi idea es que comencemos cuando me hagan socio de la empresa española, aunque solo es una posibilidad.

—Eric, eres uno de los mejores hombres que he conocido y a mí también me gustaría saber más ti. Según dices, aún no se sabe si te van a hacer socio ni cuándo sería y quizá puedas tardar meses en saberlo. ¿Qué pasaría si mientras tanto conoces a otra mujer o yo a un hombre?

—Todo es relativo; si eso sucediera lo hablaríamos.

—Eric, yo te considero un hombre inteligente, con buen gusto, educado, buen amigo. Has estado a mi lado en los momentos malos y me has consolado. Para mí eres el hombre perfecto para cualquier mujer. ¿Qué es lo que has visto en mí?

—Como te he dicho, admiro tu valentía, además, eres una mujer atractiva, me río con tus ocurrencias y me siento bien cuando estás a mi lado.

—No soy una mujer valiente, he pasado mucho miedo en todo momento.

—Sí que lo eres, aunque todavía no te has dado cuenta; si decides que nos conozcamos mejor, te haré descubrir cosas en ti que no habías observado. Piénsatelo, no necesito una respuesta inmediata, todavía no sé si lograré asociarme con la empresa española, pero te lo quería proponer antes de regresar a Abiyán. Si te parece, cada uno continuará con su vida y llegado el momento lo volveremos a hablar.

—Me siento alagada, contenta y a la vez sorprendida por tu proposición. Me pareces un hombre maravilloso y estoy de acuerdo en que, cuando llegue el momento, nos planteemos tener una relación. Mientras tanto cada uno seguirá sin ningún tipo de compromiso con su vida.

Al llegar al hotel me acompañó hasta la puerta de mi habitación y, dándome un beso en la frente, me deseó que tuviera felices sueños y se marchó. Pero su deseo no se cumplió.

A las dos de la madrugada me desperté sobresaltada; había tenido otro de mis extraños sueños. Me encontraba perdida en medio de la selva y lo único que llevaba puesto era el último sombrero que había adquirido. Cogiendo varias ramas de los árboles me fabriqué un atuendo que cubrió parte de mi cuerpo. A lo lejos contemplé un poblado y, corriendo sin parar, llegué hasta la primera casa. En la puerta estaba Raquel, pero cuando me acerqué a saludarla me dijo que ella no hablaba con personas tan mal vestidas. Montado en una bicicleta apareció Fadil y, tomando a Raquel entre sus brazos, comenzó a pedalear con fuerza alejándose de mí. Los perseguí adentrándome de nuevo en la selva, pero los perdí de vista. De repente escuché que alguien me llamaba desde lo alto de un árbol. Al mirar hacia arriba contemplé a Eric vestido de árabe; gesticulando me pidió que subiera con él. Empecé a escalar por el árbol y cuando estaba llegando a su lado me caí perdiendo el conocimiento. En ese momento me desperté.

Pensé que mis sueños tenían que tener algún significado. Mezclaba lo absurdo con personajes reales; eran estrambóticos, pero tenían relación con hechos vividos y era posible que mis anhelos y mis miedos estuvieran presentes en cada uno de ellos.

Por la mañana desayuné con Eric y Enam. Instintivamente, comencé a coquetear con Eric, pero él seguía comportándose conmigo igual que siempre. Realmente la proposición que me había hecho no fue nada romántica, más bien parecía que se trataba de planear un negocio a largo plazo, por lo que decidí volver a tratarlo como el amigo que siempre fue.

Pasamos el día enseñándole a Enam la ciudad; estaba feliz y se entusiasmaba con todo lo que veía. El solo hecho de verlo disfrutar me emocionaba de tal manera que hasta se me llegaron a saltar las lágrimas.

A las nueve de la noche nos reunimos con Mati en un restaurante para cenar. Los cuatro nos llevábamos de maravilla y esa noche Enam fue el protagonista.

—Te voy a echar mucho de menos —dije cogiéndole la mano a Enam.

—Paola, mañana me mudo a un apartamento que he alquilado en Hyde Park y quiero que te vengas a vivir una temporada conmigo —me propuso tía Mati.

—Estoy deseando pasar unos días contigo.

—A mí también me gustaría pasar un tiempo con vosotras, estoy hasta pensando en anticipar mis vacaciones —comentó Eric sonriendo.

—Puedes venir cuando quieras, estás invitado.

—Acepto la invitación, pronto tendréis noticias mías.

Cuando llegamos al hotel Eric le dijo a tía Mati que la llamaría para saber cómo se encontraba y, al despedirnos de ella, me anunció que mañana a primera hora vendría a recogerme para llevarme a su nuevo apartamento.

Eric se despidió de una forma muy superficial; al igual que a tía Mati, me dijo que me llamaría pronto. No noté ningún trato especial hacía mí.

No llegaba a comprender la forma de actuar que tenía Eric conmigo, pero tenía tanto que agradecerle que resolví no pensar en ello y alegrarme por el hecho de que me hubiera realizado, a su manera, una proposición a largo plazo. Ya la vida nos mostrará lo que tenga que ser mejor para los dos.

XVII. EL CÍRCULO AZUL

23 de marzo de 2016

En tan solo unos días me habitué a vivir con tía Mati; casi nunca estaba en casa, pasaba todo el tiempo en la agencia y prácticamente solo la veía a la hora de cenar. Me había vuelto a proponer que trabajara para ella, pero antes de tomar una determinación, quise retomar mi trabajo para comprobar si realmente era lo que quería continuar haciendo. A través de mi compañera Ana recibí por correo electrónico documentación de mi empresa y, poco a poco, me puse al día. Al igual que hacía en España, por las mañanas me sentaba frente al ordenador hasta la hora del almuerzo. A veces realizaba algunas compras en el supermercado más próximo al apartamento y por la noche dejaba la comida preparada. Al atardecer salía a correr unos kilómetros por Hyde Park. Aunque el parque era enorme y tenía la posibilidad de variar cada día de itinerario me gustaba ir siempre por el mismo camino y, antes de regresar, me sentaba en un banco a contemplar las distintas actividades que realizaban los que se encontraban por allí: unos paseaban, otros patinaban, algunos montaban en bicicleta... Aunque me sentía como una extraña entre ellos me relajaba estar en ese lugar.

Sin darme cuenta la rutina estaba volviendo a mi vida; trabajo y deporte. Empecé a plantearme si realmente era lo que quería. Era la segunda vez que me pasaba, la primera resolví abandonar un estupendo puesto de trabajo en una multinacional porque, a consecuencia de un agotamiento psicológico, me di cuenta de que no tenía vida ni social ni personal. Ahora mi planteamiento era diferente; necesitaba algún estímulo para continuar con mi pequeña empresa. Quizá tía Mati llevara razón y ya no pudiera vivir sin la sensación de riesgo.

Como todas las tardes me adentré en Hyde Park para practicar *running*. Era un día de color azul y sin saber el porqué me sentía especialmente contenta. Sentada en un banco me quedé absorta contemplando a unos niños hacer malabarismos con sus patines.

—Hola, Paola —me saludó alguien situado detrás de mí.

Al girar la cabeza contemplé a un hombre que se parecía increíblemente a Fadil: ojos verdes, tez morena. Vestía pantalón y chaqueta azul estilo europeo.

—Te he visto tocando el piano, montando a caballo y en bicicleta...¿Qué toca hoy? —dije pensando que era otro de mis sueños y, girándome, continué observando a los niños esperando que sonara el despertador en cualquier momento.

—Paola, ¿te encuentras bien? Dices unas cosas muy extrañas —expresó sentándose a mi lado, tomando una de mis manos entre las suyas.

Al sentir el contacto de su cuerpo me estremecí.

—¿Eres Fadil? —le pregunté comenzando a pensar que podía ser real.

—Sí, Paola. Soy Fadil y...también Quique.

—Todavía no estoy segura de que estés en mis sueños. ¿Por qué dices que eres Quique?

—No estás soñando, estoy a tu lado —comentó agarrándome con fuerza la mano—. Tengo que explicarte muchas cosas, si tienes tiempo te invito a cenar.

Mis ojos seguían contemplando a los niños, pero mi corazón lo miraba a él.

—Me gustaría asearme antes de ir —contesté mientras intentaba poner orden en mi cabeza a lo que estaba sucediendo.

—Bien, te acompañaré hasta tu casa —dijo levantándose sin dejar de soltar mi mano.

—Así vestido me cuesta trabajo creer que seas tú —comenté mientras caminábamos.

—Me he puesto guapo para ti.

—Pues a mí me gustabas más con tu túnica y el turbante.

—Si quieres me cambio el vestuario, aunque aquí en Londres desentonaría un poco, ¿no crees?

—Así estás bien, es que no estoy acostumbrada a verte vestido como un europeo. Tu acento es diferente, eso no pasa en mis sueños.

—El acento que utilizaba contigo era fingido para que no pudieras identificarme con Quique, el hombre que conociste en el parque.

—¿Tú eres él? No comprendo nada...Recuerdo que el color de los ojos de Quique era más oscuro que los tuyos.

—Eran lentillas de color, las utilicé por precaución; aunque no tenía previsto hablar contigo, me las coloqué por si surgía algún imprevisto con la idea de que no me reconocieras cuando nos viéramos en África.

—Me cuesta trabajo reaccionar, no sé si esta situación es real...

—Después te lo explicaré detalladamente y entonces lo entenderás.

Hablaba con él como si lo estuviera haciendo con un fantasma; seguía pensando que en cualquier momento se desvanecería. Al llegar a la puerta del edificio Fadil me preguntó si me acompañaba o me esperaba. Como aún estaba desconcertada preferí que no subiera al apartamento.

Mientras me duchaba pensé qué conjunto me iba a poner y me decanté por una falda de tubo color azul marino a juego con el sombrero azul y rojo. Aunque intuía que Fadil era real, no podía asimilarlo. Sentía una gran emoción dentro de mí, pero no lograba hacerme a la idea de que estuviese aquí en persona.

Subida sobre mis flamantes zapatos de tacón de color rojo bajé hasta la puerta del edificio.

—Estás guapísima. A mí me gustas, tanto vestida de africana, como de árabe, como de española, pero tengo que reconocer que hoy estás deslumbrante.

—Gracias, Fadil —le dije mirándolo de reojo.

—He reservado mesa en un restaurante que está muy cerca de aquí, así podemos ir caminando.

—Me comunicaron que entre los fallecidos en el atentado de Grand Bassam había un hombre que se llamaba Fadil y que quizá se tratara de uno de los terroristas. Pensé que podrías estar muerto. ¿Te encontrabas cerca del lugar donde ocurrió?

—Te lo contaré todo mientras cenamos.

Nos sentamos en una de las mesas situadas al final del local, uno frente al otro. Fadil tomando la carta entre sus manos me miró fijamente. Un escalofrío recorrió todo mi cuerpo, me sentí viva, y en ese instante supe que era real por el hecho de que en mis sueños las sensaciones no fluían con tanta intensidad.

—¿Qué te apetece tomar? —me preguntó entregándome la carta.

—No tengo apetito, tomaré una ensalada. Lo que sí necesito es una copa de vino.

—Sí, creo que la vas a necesitar...

—Después de todo lo que me ha sucedido pienso que estoy preparada para cualquier historia que me tengas que contar.

—¿Ya te has hecho a la idea de que estoy aquí a tu lado?

—Desde el momento en que sentí tu mirada...

—Te he echado de menos, Paola. Tenía muchas ganas de hablar contigo, pero hasta ahora no ha sido posible.

—Cuéntame —dije dando un trago de vino.

—Nací en Francia. Mi padre era ingeniero y por su trabajo residimos en diversos países: Francia, España, Dubái y por último Londres, donde me asenté al comenzar a trabajar.

»Hace algo más de tres años me propusieron realizar un trabajo especial y, aun sabiendo el peligro al que me exponía, acepté.

—¿En qué consistía ese trabajo especial? —pregunté intrigada.

—Pusieron a mi disposición una gran suma de dinero para que, bajo una falsa identidad, me infiltrara en alguno de los grupos que en África financian o tuvieran algún tipo de relación con el terrorismo.

»Por mi complexión física y el dominio del idioma árabe era la persona más capacitada para realizar esa misión. Durante el tiempo que estuviera implicado en ese cometido no podría tener contacto con nadie, ni siquiera con la agencia para la que trabajo. Como no estaba casado, no tenía que rendirle cuentas a ninguna persona, y a mis padres les conté que me destinaban a Australia y que no los iba a poder ver durante una larga temporada, aunque eso fue lo único que no cumplí; para no preocuparlos, sin que nadie lo supiera, fui a visitarlos todas las navidades. Mi vida la llenaba mi trabajo; era un adicto al riesgo, y la misión que me habían asignado iba con mi personalidad y forma de vida. La lucha contra el terrorismo fue siempre mi primer objetivo.

»Me convertí en Fadil, árabe de nacimiento y dispuesto a establecerme como un rico hombre de negocios en Casablanca. Invertí gran parte del dinero en una empresa de exportación que en menos de un año me convirtió en millonario. Mi nombre comenzó a sonar entre los hombres más poderosos de Marruecos y empezaron a invitarme a diversos actos sociales donde conocí a Abdel Samad. Tenía una lista con los nombres de las personas más influyentes de ese país y él era uno de los más importantes, así que me las ingenié para establecer una estrecha amistad con él.

»Pasado un año recibí un paquete que contenía una piedra en la que había grabado el dibujo de un círculo azul. Ese mismo día me llamó Abdel para que me reuniera con él urgentemente en su residencia de Rabat.

En la reunión había dos hombres más. Abdel me informó de que pertenecían a una organización en la que solo unos pocos elegidos podían entrar y me ofreció la posibilidad de formar parte, pero para ello debía de acatar todas sus normas. Me explicó que la finalidad principal era enriquecernos mutuamente, aunque, también tenían otros objetivos. La forma de actuar era a través de favores; cada miembro hacía un favor a cambio de otro. Se podían pedir entre dos a tres favores al año a cada uno de los integrantes, siempre que fuera distinta la finalidad, y la persona que te realizaba el favor tenía el derecho a solicitarle otro en cualquier momento. Al principio supuse que se trataba de ganar dinero, pero con el tiempo comprobé que, además, esa organización escondía fines ilícitos.

»Comencé a formar parte del Círculo Azul y el primer favor me lo pidió uno de los hombres que había asistido a la reunión: me solicitó comprar unas participaciones de una de mis empresas, lo cual cumplí dejando para más adelante que me correspondiera el favor.

»El segundo favor me lo pidió Abdel: quería que le presentase al propietario de una de las plantaciones de cacao de Costa de Marfil. Se había enterado de que tenía relación con una de mis empresas, y sabía que detrás de esas plantaciones había minas de oro clandestinas. Mi relación con el propietario era puramente profesional; le compraba cacao para exportarlo sin saber qué era lo que realmente ocultaba. En tres días organicé una reunión, y también dejé pendiente el favor que me tenía que realizar a mí.

»Los favores que me requerían no me costaban trabajo efectuarlos, hasta que hace unos meses, me pidieron que fuera a España a localizar a una mujer para capturarla y llevarla a África. La finalidad por la que me había integrado en el Círculo Azul era para averiguar si alguno de ellos colaboraba con el terrorismo, que era el cometido por el cual me encontraba en África, pero no pensaba participar en ningún secuestro.

—Estoy demasiado sorprendida para hablar, pero necesito preguntarte algunas cosas —le imploré impactada por lo que me estaba narrando.

—Por favor, deja que termine de explicártelo todo, así me entenderás mejor.

—Está bien, pero al menos dime si esa mujer era yo y quién te solicitó el favor.

—Fue tu amigo Roi, me eligió porque sabía que hablaba el idioma español. Al principio me negué, pero después pensé que si participaba en ese favor estaría al corriente de todo lo que le sucediera a esa mujer e intentaría ayudarla; si no lo hacía yo, lo haría otro. Roi estaba obsesionado contigo y sabía que no pararía hasta conseguir su objetivo, así que acepté.

»No me costó trabajo localizarte y fue fácil seguir tus movimientos; siempre hacías lo mismo a la misma hora, y elegí el parque como punto de partida para tu captura. Fue una de las cosas más difíciles que he tenido que hacer en mi vida, eras una mujer con una vida normal y yo iba a colaborar para complicártela, por lo que me propuse protegerte.

—Tú eras Quique, el hombre del parque. El primer día que te vi en Casablanca observé que te parecías a él, pero como las pocas veces que lo había visto iba cubierto con un gorro, no podía aseverarlo, y el que fueras vestido de árabe, el color de tus ojos y tu acento hizo que descartara esa idea. Pensé que era una alucinación provocada por las sustancias que me suministraban...

—Te estaba espiando. Lo siento, pero lo tenía que hacer para salvarte; si realizaba ese favor me tendrían informado de todos tus movimientos.

»Cuando llegaste a Casablanca dispuse que entre varios de mis hombres te vigilaran día y noche. En todo momento he sabido dónde te encontrabas, aunque solo sabía el lugar, no lo que te ocurría dentro de la vivienda, por lo que resolví acercarme más a Abdel con la única intención de protegerte. Sabía que el agente Toiré a veces colaboraba con la organización, y una noche, en la residencia de Abdel, te dejé una piedra con el dibujo de un ojo con una mancha verde y la palabra peligro.

—Así que fuiste tú...

—Sí, pretendía prevenirte, pero no lo logré.

—Por favor, cuéntame qué es lo que quería Roi de mí —le supliqué.

—Me informaron de que Roi había sido el jefe en Abiyán de un grupo de hombres que se encargaban de estafar a las mujeres; se hacían pasar por hombres muy románticos, locamente enamorados de ellas con la finalidad de sacarles dinero. Me contaron que tú habías sido una de las mujeres que había caído en sus redes y que fuiste a Abiyán para conocer a tu amor virtual. Cuando descubriste la trama tuvieron que abandonar el centro de operaciones en Abiyán. Roi quería venganza y sexo; pretendía estar contigo y después utilizarte en la fiesta que celebra Abdel en su palacete. Tú eras una de las mujeres con las que pensaban disfrutar en la fiesta; yo lo sabía y no lo pensaba consentir. Mi intención era haberte sacado enseguida de la residencia de Abdel, pero Roi me lo ponía muy difícil y tenía que esperar el momento adecuado por miedo a que nos pillaran y las consecuencias fueran peores. Durante los días que permaneciste allí, Abdel me pidió otro favor; esta vez quería que le suministrara armas. El negocio de las armas lo había comenzado recientemente con la intención de obtener una lista con las personas interesadas en comprarlas. Al principio me negué con la excusa de que todavía disponía de pocas, pero Abdel me dijo que solo iban a necesitar unas cuantas, que era un favor que le habían pedido con urgencia. Pensé que estaban tramando algo peligroso y que quizá tuviera que ver con el terrorismo; si aceptaba el favor me tendrían que tener al tanto de todo lo que se gestionaba y acepté, lo que dilató mis planes para salvarte. Estaba muy preocupado por ti, aunque sabía que te encontrabas en buenas manos en compañía de Badra.

»Cuando te rescataron sentí un gran alivio, aunque ordené a mis hombres que te siguieran controlando. Pensaba que ibas a salir de inmediato del país y, al no hacerlo, dispuse que te dejaran una piedra con un círculo azul; sabía que te encontrabas con Eric y, como conocía que era un hombre inteligente con muchos contactos, mi objetivo era que averiguara qué significaba y el peligro que corrías para que abandonaras cuanto antes el país.

—Debería de haberme marchado en ese momento, pero surgieron imprevistos que me impidieron regresar con mi tía Mati.

—Ya te he explicado lo que Roi pretendía de ti, pero hay más. Antes de capturarte recabaron información sobre ti y averiguaron que tenías una tía muy rica. Uno de los miembros de la organización le pidió el favor a Roi de que se enterara de los negocios que poseía, sus fuentes de ingreso, y descubrieron que trabajaba para el MI6. Un favor llevó a otro y tu tía también se encontró involucrada. Además de retenerte para fines sexuales, también pretendían que ella viniera a rescatarte para luego perseguirla.

—¿Con qué finalidad? ¿Qué querían de ella?

—Creo que es mejor que te lo explique el inspector Damien Allard, en cuanto pueda te llamará. Ahora no quiero atosigarte con tantas historias y prefiero hablar sobre mí.

—Todo lo que me estás contando es muy difícil de digerir y, aunque estoy escuchándote con los cinco sentidos, mi mente se encierra en distintas situaciones que viví. Cuando me volvieron a llevar a la residencia de Abdel, ¿qué fue lo que pasó el día que pagaste un precio por mí?

—Así que de todo lo que te ha ocurrido eso es lo que más te ha impactado...Lo entiendo, yo también estoy deseando explicártelo.

»Las fiestas que celebra Abdel en su palacete son especiales y secretas; se tratan de orgías consentidas por los participantes. Además de algunos miembros del Círculo Azul, invitan a hombres influyentes y a mujeres muy hermosas que acuden con la intención de pasarlo bien y para entablar relaciones comerciales: sexo y negocios, son fiestas muy codiciadas. En alguna ocasión, cuando quieren que asista alguien sin su consentimiento, le suministran sustancias que anulan su voluntad, como te sucedió a ti.

Roi había pedido el favor de que asistieras a la fiesta, pero antes quería estar contigo; es un hombre que está acostumbrado a tener a cualquier mujer, sabe muy bien cómo conquistarlas y, si alguna se le resiste, la tiene que conseguir a cualquier precio.

Dentro de los preparativos de la fiesta entrabas tú. Mandaron un comunicado a los asistentes anunciando que para esa fiesta se iba a ofrecer una mujer inexperta para que los que estuvieran interesados pudieran pujar por ella. Cuando lo recibí supe que se trataba de ti y les mandé una carta en la que solicitaba que me apuntaran en la lista de interesados, rogándoles que me notificaran la fecha y hora exacta en la que se iba a celebrar la puja, pero no me avisaron. Pienso que Roi se las ingenió para que acudieran solo los que a él les convenía con la intención de no tener competencia. El mismo día en que te anularon la voluntad, uno de mis hombres me comunicó que algunos miembros de la organización habían acudido a la residencia de Abdel a la misma hora. Pensando que podía tratarse de ti, rápidamente acudí hasta allí, y por fortuna llegué a tiempo.

Cuando entré en la sala ya te habían asignado a Roi; había pagado un alto precio por ti. Sin que nadie se enterara le expresé a Abdel de que yo también estaba interesado y que me había enterado de casualidad porque nadie me había comunicado que hoy era el día en que te ofrecían. Para forzar la situación le propuse a Abdel que, además de pagar el mismo precio que Roi, quería a la mujer como contraprestación a los favores que me debía. Le pareció un buen negocio y aceptó con la condición de que me implicara más en el favor que le tenía que hacer con las armas.

Paola, efectué un desembolso por ti, pero no para utilizarte sexualmente, sino para salvarte.

—He realizado un gran esfuerzo mental para borrar todos los recuerdos de los dos días que pasé contigo por creer que había estado con un hombre que había pagado un precio por mí y, aunque ahora me expliques que lo hiciste para librarme de Roi, no consigo que mi mente desbloqueé esos momentos. Estuve contigo por amor y cuando fui consciente de que tú habías pagado por estar conmigo sentí un gran dolor.

—A mí también me dolió que lo pensaras, pero por tu bien no te lo podía decir; quería que te marcharas enseguida del país y, si creías que te había utilizado, sabía que te irías de inmediato. Cuando recibí una llamada de Abdel ordenándome que al día siguiente a primera hora de la mañana tenía que estar en Grand Bassam para entregar las armas, supe que algo malo iba a ocurrir. Quedó en informarme de la operación por la noche y resolví dejarte en Abiyán con Eric o en la comisaría. Después de asegurarme de que estabas a salvo partí hacia Grand Bassam. Cuando me llamó Abdel le comuniqué que te habías escapado.

—Entonces... ¿participaste en el atentado? —le pregunté con miedo a su respuesta.

—Es largo de contar y prefiero que te lo explique el inspector, como te expuse antes, no quiero saturarte, pienso que por hoy ya has recibido demasiada información que tendrás que digerir.

—Tengo demasiadas preguntas rondando por mi cabeza. Por lo que me has contado siempre ha habido un hombre siguiendo mis pasos con la intención de rescatarme, pero no viste el momento oportuno hasta el día en que pagaste por mí. El día que llegué a Abiyán, un hombre entró en el apartamento de Roi y me dio la impresión de que quería ayudarme. ¿Lo mandaste tú?

—No. Uno de mis hombres os siguió y observó cómo alguien entraba por una ventana a la casa de Roi. Estuvo solo unos minutos y, después de pronunciar unas palabras, saltó desde el edificio y se marchó.

—Creo que profirió «el círculo azul».

—Sí, eso fue lo que escuchó; lo malo es que también os vigilaba un hombre mandado por la organización y al enterarse los alertó.

—Y por ello llamaron a Roi para que saliéramos corriendo del apartamento.

—Exacto. No sabían quién podía ser ese hombre, y al nombrar al Círculo Azul, por precaución, resolvieron que os marcharais de allí y os fuerais a la residencia de Abdel.

—Tuve la sensación de que ese hombre quería ayudarme.

—No quería ni ayudarte ni perjudicarte; lo único que pretendía era matar a Roi. Su idea era cogerlo desprevenido, pero no esperaba encontrarse contigo y, cuando llegó Roi tuvo que huir. Según le contó a mi hombre, las palabras exactas que pronunció fueron «muerte al Círculo Azul», lo hizo con la intención de asustar a Roi.

—Así que Roi tiene enemigos...Me alegro.

—Roi y todos los miembros de la organización. El hombre que entró en su casa pertenece a un grupo que quieren vengarse de ellos. Son hombres que, ellos o sus allegados, han sido víctimas inocentes de alguna fechoría realizada por el Círculo Azul. Cuando la organización realiza una operación ilícita que es descubierta buscan a personas ajenas a ellos para inculparlos. Algunos han tenido que cumplir condena sin saber absolutamente nada del porqué, y entre unos cuantos de los afectados formaron un grupo con el objetivo de vengarse de la organización. Se hacen llamar «El Círculo Blanco» y actúan tomándose la justicia por su mano, ya que la policía no los cree.

—Si en todo momento he estado vigilada por uno de tus hombres, no comprendo por qué no me salvaste antes, y ello me hace dudar si realmente me estás contando la verdad. Y dime, ¿cómo me pudo perseguir uno de tus hombres cuando abandoné Abiyán rumbo a Casablanca si viajamos en avión privado? —le interrogué con la intención de ponerlo a prueba.

—Al ser tú el favor que había pedido, la organización me tenía al tanto de todos tus movimientos; descubrieron todo el itinerario que ibas a realizar y cuando llegasteis al aeródromo de

Casablanca, uno de mis hombres os estaba esperando. Él fue quien evitó que te atropellaran.

—Creo que la cabeza me va a estallar de un momento a otro —comenté tomando otra copa de vino.

—Demasiada información de golpe, lo siento, pero mi vida es así de complicada.

—Y la mía era normal hasta que tú la complicaste. ¿Sabes lo mal que lo he pasado? Yo no estoy acostumbrada a que me persigan, me rapten, me impliquen en organizaciones secretas, me lleven a fiestas lujuriosas...

—Si no llego a ser yo el que ayudó a Roi a capturarte, te aseguro que otro lo hubiera hecho en mi lugar y quizá en este momento estarías drogada participando en la fiesta de Abdel o posiblemente muerta. He intentado protegerte de la mejor manera que me ha sido posible y el resultado es que estás a salvo. Me gustaría que intentaras comprenderme, todo lo que he hecho ha sido por tu bien.

—¿Por qué no me contaste que pretendías ayudarme? Si lo hubieras hecho no lo habría pasado tan mal en África.

—Como te expliqué, desde que llegué a África adopté otra identidad y nadie, bajo ningún motivo, podía saberlo. En más de una ocasión estuve a punto de decirte que no tuvieras miedo, que te iba a salvar, pero no lo hice por tu bien. Sabía que a veces te suministraban sustancias que anulaban tu raciocinio y si lo sabías, cabía la posibilidad de que me pudieras delatar inconscientemente a alguna persona de la organización, sé que a veces sueñas en voz alta... También temía que se lo dijeras a tus amigos y ellos se lo contaran a la policía, algunos colaboran con el Círculo Azul. Si me descubrían ya no te podría salvar.

Mi corazón quería creerlo, pero mi cabeza se mantenía fría ante sus palabras; todo lo que me explicaba tenía sentido, pero ya me habían engañado una vez y no sabía en quién confiar. Si realmente estaba diciendo la verdad significaba que se preocupaba por mí y había hecho lo posible por ayudarme, pero ¿y si se trataba de una argucia con la finalidad de llevarme de vuelta al palacete de Abdel para la fiesta lujuriosa? Según me contó Eric, quien entra en el Círculo Azul ya no puede salir. Quizá siga en la organización y esté realizando algún favor. Pero si es así, ¿por qué me ha explicado con todo detalle esa historia? Y, ¿por qué no me ha contado si participó en el atentado de Grand Bassam? Para muchas de mis preguntas me remitía al inspector y de este aún tenía dudas por resolver. Mi corazón comenzó a palpitar con fuerza, sentí un sudor frío, no podía respirar con normalidad.

—Necesito salir un momento a tomar el aire —dije levantándome de sopetón.

—¿Te encuentras mal? ¿Quieres que te acompañe?

—No, prefiero ir sola. Dame solo unos minutos, necesito respirar.

Al salir del restaurante me apoyé sobre una de las ventanas y comencé a respirar hondo hasta que poco a poco logré sentirme mejor.

—¿Cómo estás, Paola? —me preguntó Fadil situándose a mi lado.

—Estoy bien, por unos instantes pensé que me iba a desmayar, pero ya se me ha pasado. Creo que con todos los acontecimientos que he vivido me estoy convirtiendo en una mujer fuerte.

—Eres la mujer más valiente que he conocido, tienes que confiar más en ti. ¿Vamos andando a tu apartamento o prefieres que cojamos un taxi?

—Caminar me sentará bien.

Al llegar al portal Fadil me tomó de la mano y me miró fijamente.

—¿Quién eres, Fadil? —le pregunté atrapada en su mirada.

—Me llamo Pierre Chastain y, como te he contado, nací en Francia.

—¿Por qué me dijiste que te llamabas Quique?

—No esperaba que me preguntaras mi nombre y sobre la marcha tuve que inventarme uno; elegí el de uno de mis amigos que reside en España.

—Por favor, necesito que seas sincero y me digas para quién trabajas.

—Para el Servicio de Inteligencia Secreto.

—¿Como tía Mati? ¿La conoces?

—No sabía de su existencia hasta que el Círculo Azul se interesó por ella. En el MI6 somos muchos y trabajamos en secciones diferentes.

El hecho de que trabajara para la misma agencia que mi tía me tranquilizó; ella podría averiguar si todo lo que me había narrado era cierto.

—Paola, estoy enamorado de ti y me gustaría sentirte cerca de mí a cada instante —dijo de repente sin dejar de clavar sus ojos en los míos.

Mi corazón se aceleró, pero esta vez era debido a la emoción que me habían provocado sus palabras.

—Y...¿Qué es lo que has visto en mí? —le pregunté sin saber qué decir en ese momento.

—El día que te conocí en el parque me llamó la atención tu espontaneidad; muchas mujeres han intentado conocerme, pero ninguna tropezándose y cayéndose al suelo como tú. Sé que no viste la piedra...

»La segunda vez que te vi fue en Casablanca y me resultó divertida tu faceta infantil; veía aparecer y desaparecer tu cabeza por la pequeña ventana de la habitación, eras como una niña que intentaba enterarse de lo que hablaban los mayores. Me imaginé que estabas saltando sobre la cama y temí que te cayeras y se enteraran, pero enseguida dejé de ver tu bello rostro, lo que me tranquilizó.

»La tercera vez fue en una reunión en la residencia de Abdel. Sin hacer ruido entreabriste la puerta y por fortuna fui el único que te vio. Me impresionó tu fortaleza, estabas indefensa en esa casa y aun así, tuviste la fuerza de voluntad de averiguar qué tramaba Abdel tras la puerta. Esa noche cuando te volví a ver escondida detrás de una columna envuelta por un velo me quedé fascinado. No sabía que estabas allí y, sin embargo, tuve un impulso que me dirigió hacia ti. Pensé que habíamos conectado, pero no quería que mis sentimientos entorpecieran mi misión y luché por ocultarlos.

»También fue un impulso lo que me llevó hasta la zona de la selva donde te encontrabas aquel día vestida de africana en el campamento. Cuando me acerqué hasta ti, quise besarte, pero rápidamente me marché de tu lado para evitar sacar ese sentimiento que me provocaba tu mirada. Ese día me di cuenta de que eras una mujer valiente al ser capaz de, sin tan siquiera saber francés, ir a buscar a tu amigo Enam. Pensé que debías de ser una gran persona.

»El día en que pagué por ti, cuando te contemplé bailando moviendo las caderas sin música, sentí deseo y me di cuenta que irremediablemente estaba loco por ti. Te llevé a mi casa de la playa con la única intención de salvarte y para que durante unos días pudieras desconectar de lo que te había sucedido; sabía que el sol y los paseos por la playa te iban ayudar a olvidar y a reponerte. No pensaba estar contigo ni expresarte mis sentimientos, pero al tenerte tan cerca de mí no pude evitar la atracción tan fuerte que sentía en esos momentos. Fueron los dos días que con más intensidad he vivido una pasión en toda mi vida y espero que se repitan, si tú quieres...

—No sé qué decir...Nadie me había explicado tan detalladamente lo que le gusta de mí. Quiero que sepas que, aunque tú no los hayas observado, soy una persona que también tiene sus defectos —le advertí con la intención de proteger mis sentimientos.

—Lo sé, me encantan tus imperfecciones, son adorables.

En ese instante la templanza que había intentado mantener con él en todo momento se desmoronó y comencé a llorar. La tensión nerviosa que había sostenido durante toda la conversación fluyó en forma de lágrimas.

—Ven, Paola —me susurró acercándose y abrazándome—. Sé que lo has pasado muy mal y te prometo que te voy a compensar. Si me das una oportunidad ocuparé todo mi tiempo en hacerte feliz.

—Nunca he sabido la razón por la que me sentía atraída por ti; me sentía protegida cuando me mirabas, era como si estuviera a salvo de todo el mundo. Nada malo me podía pasar mientras tus ojos se clavaban en los míos. Ahora, después de lo que me has contado, estoy segura de que tenemos una conexión muy fuerte, y nada me haría más feliz que estar contigo.

En ese momento, aunque hubiese sido el mismo demonio, le habría besado apasionadamente, pero cuando acerqué mis labios a los suyos, suavemente me apartó.

—Es mejor que hoy descanses y asimiles todo lo que te he contado; tenemos toda la vida para estar juntos.

—Está bien —le dije poco convencida—. ¿Quedamos mañana para desayunar?

—Me haría muy feliz comenzar el día contigo. Paola, quiero que me conozcas a fondo y pienso que deberíamos empezar esta relación como dos buenos amigos.

—¿Sin sexo?

—Prefiero ir poco a poco, si a ti te parece bien. Toma —dijo entregándome un papel—. Es la dirección de mi casa, esperaré impaciente tu visita.

Al entrar en el apartamento lo primero que hice fue buscar a tía Mati, pero no se encontraba en casa y me acosté. Estaba feliz, pero antes de dejarme llevar por mis sentimientos debía de poner orden en mi cabeza y en mi corazón. Saber que el amor que sentía por Fadil era correspondido alivió mi alma; el hecho de haber estado con un hombre que había pagado por mí me había estado martirizando, y ahora que conocía que había sido por amor, me sentía en paz. La forma que había utilizado para describir lo que le gustaba de mí me había encantado; nada que ver con la proposición que me hizo Eric. Pese a que Eric era para mí un hombre más real, no había logrado crear un sentimiento tan fuerte como el que me desataba Fadil con solo mirarme. Pero tenía que ser prudente, hasta que no hablara con Mati, no sabría con certeza si lo que me había explicado Fadil era verdad.

Fadil, Pierre...sea cual fuera su nombre para mí seguiría siendo Ojos Verdes.

Me desperté con la imagen de Pierre en mi mente y de un salto me levanté de la cama; estaba impaciente por volver a verlo.

Sobre la mesa de la cocina observé que tía Mati había dejado una nota en la que me explicaba que iba a estar unos días fuera de la ciudad y que no podría contactar conmigo hasta que regresara el día veintiséis, pero si necesitaba algo solo tenía que llamar al agente Brendan Cook.

Era un día de color azul y, después de darme una relajante ducha, para esta ocasión, elegí el traje pantalón beige a juego con el sombrero que tanto me gustaba; quería estar guapa para él.

Tenía planeado que tía Mati se hubiera informado de la veracidad de la identidad de Pierre antes de ir a su casa, pero como no era posible, tendría que actuar con cautela: desayunaría con él y, después, poniendo cualquier excusa me marcharía. Hasta que no averiguara quién era realmente solo lo vería ocasionalmente.

XVIII. CASO RESUELTO

26 de marzo de 2016

Había pasado dos maravillosos días junto a Pierre; desde que llegué a su casa no salimos del apartamento ni para comer. Ni su intención de que comenzáramos la relación poco a poco, ni la mía de actuar con cautela se cumplieron. La atracción que sentíamos el uno por el otro era demasiado fuerte para evitarla, y como dos adolescentes nos dejamos llevar por la pasión sin pararnos a pensar en las consecuencias. Pierre encargaba la comida a un restaurante; solo dejábamos de estar juntos cuando nos alimentábamos para recuperar fuerzas. En ningún momento hablamos de nuestras vidas pasadas ni presentes, nos dedicamos a ser felices, a amarnos.

Con el mismo atuendo que me marché, regresé a casa. Tía Mati aún no había llegado y aproveché para ordenar la vivienda. Al encender el teléfono móvil comprobé que tenía varias llamadas perdidas; lo había mantenido apagado durante esos días con el propósito de que nadie pudiera enturbiar los mágicos momentos que estaba viviendo. Una de las llamadas era del inspector Damien Allard, no me apetecía volver a hablar sobre lo sucedido, pero todavía tenía muchas dudas por resolver y decidí llamarlo:

—Buenos días, inspector. Siento no poder haber atendido su llamada.

—Paola, ¿cómo se encuentra?

—Estoy bien y dispuesta a escuchar todo lo que me tenga que explicar.

—Sí, tengo que informarle de varios asuntos, y me imagino que querrá que comience hablándole de Fadil. Cuando lo conocí comprendí el interés que tenía por él.

—¿Cuándo lo conoció?

—Después de regresar de Casablanca vino un día a comisaría para hablar personalmente conmigo.

»Me explicó que pertenecía al Círculo Azul, pero que en realidad era un agente del MI6 al que le habían encargado la misión de descubrir a personas o grupos que colaborasen con el terrorismo. La organización le había pedido el favor de que le suministrara armas para una operación. La noche anterior al atentado en Grand Bassam le comunicaron cómo y para qué iban a utilizar las armas, pero le mintieron. Le dijeron que se trataba de provocar un poco de alboroto, que solo iban a disparar al aire y nadie se vería perjudicado. Fadil contactó enseguida con un miembro del Círculo Blanco para advertirles de lo que iba a suceder y estuvieran preparados por si fuera necesaria su ayuda. Por otro lado, Fadil estaba tramando su huida del Círculo Azul. Esa noche, junto a dos de sus hombres, entraron en la morgue y cogieron dos cadáveres con características similares a las suyas con la intención de fingir su muerte en un accidente de tráfico.

Por la mañana, después de entregar las armas, los siguió, y cuando contempló con horror cómo disparaban directamente a cualquier civil, ayudado por varios de sus hombres y por los del Círculo Blanco, comenzaron a evacuar a todas las personas posibles del lugar del atentado conduciéndolos a los hoteles más cercanos. No pudo evitar el atentado, pero por lo menos salvaron a varias personas de la masacre.

Sus hombres de más confianza, sin que él lo supiera, aprovechando la confusión de ese momento cambiaron dos de los cuerpos de las víctimas por los que habían sacado de la morgue, y después se lo comunicaron a Fadil, el cual les agradeció su ayuda y les entregó su vestimenta y documentación para que se la colocaran a alguno de los cadáveres con la idea de que pensaran que era él. Muerto era la forma más segura de salir del Círculo Azul.

—Por ello figuraba su nombre en la lista de víctimas del atentado...ahora lo comprendo —comenté pensativa.

—Al principio nos surgió la duda de si era un civil o pertenecía al grupo terrorista, pero ante tanto caos, no me enteré de la verdad hasta que él me la contó.

—¿Van a detenerle por la entrega de armas para la comisión del atentado?

—No. Él no sabía que iban a matar a personas, y además, formaba parte de su cometido en este país para descubrir a terroristas. Llegué a un acuerdo con él: certificaría que el hombre que había fallecido con su documentación era Fadil a cambio de que pudiéramos confirmar que se trataba de un terrorista, así, a través de su nombre podríamos desenmascarar al Círculo Azul.

—Entiendo, de esa forma usted investigará a sus contactos y descubrirá a los miembros de la organización.

—He rechazado llevar este caso, pero me mantendrán informado. Paola, Fadil me explicó que habían pasado dos días juntos. Aunque ya no pertenezca a la organización le recomiendo que tenga mucho cuidado. El Círculo Azul crea adicción; te dan el poder de conseguir cualquier cosa que desees y, aunque dejes de formar parte, hay algo que siempre te unirá a ellos de por vida. El haber conocido las fuertes sensaciones que provoca el poder no es fácil de olvidar y por desgracia las necesitas en tu vida. Se lo digo por experiencia: yo pertenecí al Círculo Azul.

—¿Usted? —pregunté sorprendida.

—Hace muchos años uno de los miembros me pidió una pequeña colaboración a cambio de una gran suma de dinero. Después realicé otra y otra..., hasta que al final me ofrecieron formar parte del Círculo Azul y acepté. Cuando me nombraron inspector decidí tomarme en serio mi profesión y les solicité abandonar la organización. Sabía que era muy difícil y creía que nunca me iban a dejar marchar, pero en cierta forma lo conseguí. Me ofrecieron la posibilidad de salir del Círculo Azul si durante un tiempo cooperaba de vez en cuando sin contraprestación alguna, y además, nunca podría delatarlos ni ir en contra de ellos; si lo hacía me matarían. El mes pasado cumplió la fecha que me impusieron, pero el día que la iba a acompañar a Casablanca me pidieron una última colaboración: querían saber todo el itinerario del lugar al que la iba a llevar y los datos exactos de su vuelo. Además, tenía que impedir que contactara con alguien. Comprendí que alguno de los agentes que trabajaban conmigo en su caso les habría revelado que la iba a ayudar a regresar a España, aunque solo yo sabía todos los pormenores. Al principio me negué, pero durante el trayecto me volvieron a llamar con amenazas y cedí. Lo siento, fui yo quién le quitó el teléfono móvil en el avión. Quería protegerla y durante todo el viaje mi cabeza se esforzaba por encontrar alguna solución para librarla de ellos. Aunque estaba coadyuvando no iba a permitir que le pasara nada. Cuando nos enteramos del atentado pensé que podía haber sido obra de ellos, y cansado de tanta maldad los llamé para comunicarles que no pensaba seguir adelante con la colaboración y que no iba a permitir que le hicieran daño.

El coche que intentó atropellarnos venía a por mí. Querían matarme.

—Pero ¿cómo supieron el lugar exacto donde nos encontrábamos? Si no se lo dijo usted, ¿quién fue?

—Su amiga Badra. Nada más salir de la cafetería llamó a su padre para contarle que había estado con usted, pero ella no tuvo nada que ver, su padre la mantiene ajena a todas sus actividades. Él es uno de los miembros fundadores del Círculo Azul y enseguida comunicó nuestra ubicación. Cuando me atropellaron lo único que pude hacer por usted fue advertirle de que no regresara a España, pues les había dicho que se dirigía allí, aunque no les di más datos sobre vuelo. Lo siento, Paola. Le aseguro que desde hace un tiempo soy un hombre honrado y lucho por el orden y contra la maldad, pero tengo una mochila que la arrastraré toda la vida. Pese a que he tenido que renunciar a este caso, lo investigaré desde la sombra y no pararé hasta conseguir que todos los miembros del Círculo Azul sean ajusticiados. Son muy poderosos y va a resultar muy difícil, pero no imposible. Para su tranquilidad, en este momento los agentes encargados del caso están poniendo todos los medios y esfuerzos para localizar a Roi.

—Ojalá lo detengan pronto. Inspector, todos tenemos algo del pasado que queremos olvidar, y el suyo, aunque no es muy digno, tendrá que dejarlo atrás para poder continuar; siempre lo he considerado un magnifico inspector y espero que no me dé motivos para cambiar de opinión. Y, dígame, ¿colaboró usted con la organización para que me llevaran del campamento a la casa de Abdel Samad?

—No. Esa vez utilizaron al agente Toiré, el hombre de la mancha en el ojo. Es un hombre muy trabajador, pero le pierden las mujeres. Le propusieron que si la llevaba a la residencia de Abdel Samad podría asistir a la fiesta y no se lo pensó.

—Por lo que cuenta, son varios los agentes que colaboran con la organización, y pienso que ustedes son tan responsables como ellos de que cumplan sus oscuros objetivos. ¿Asistió alguna vez a las fiestas que celebra Abdel en su palacete?

—Me invitaron una vez hace ya muchos años. Recuerdo que nada más llegar al palacete me llevaron a un gran salón situado en la segunda planta. Allí se encontraban varios miembros de la organización y las mujeres más bellas que había visto en mi vida. Un pianista amenizaba la velada y, mientras nos servían unos exquisitos aperitivos acompañados por el mejor champán francés, manteníamos conversaciones civilizadas, nada que ver con lo que ocurrió después. Pasada una hora nos condujeron hasta un salón cubierto de una especie de niebla donde había una enorme piscina. Al principio pensé que la neblina sería provocada por el vapor del agua, pero luego, al observar unos tubos por donde salía humo, me di cuenta que se trataba de otra cosa. Por explicárselo de alguna manera, eran unas hierbas aromáticas con efectos afrodisíacos; al cabo de un rato estábamos todos desnudos dentro de la piscina. Prefiero no darle más detalles de lo que luego sucedió, ya es usted mayorcita y se lo puede imaginar.

—El solo hecho de pensar que por poco me obligan a participar en esa orgía me provoca escalofríos... ¡Odio al Círculo Azul!

—No sabe lo arrepentido que estoy de haber formado parte de esa organización. Paola, se lo he explicado todo arriesgándome, a sabiendas, de que me pueda delatar. Mi incursión en el Círculo Azul no lo sabe nadie, excepto usted y Fadil, él me facilitó la mayoría de los datos que le estoy proporcionando. No le pido nada, sé que usted actuará con inteligencia y corazón.

—Gracias a usted pude salir del país con vida y no le pienso delatar. Aunque me gustaría contárselo a Mati, creo que ella estará de acuerdo en guardar su secreto. Por cierto, ¿qué interés tenía el Círculo Azul con mi tía?

—Averiguaron que era una agente del MI6, y uno de los miembros solicitó un favor: quería poner un artefacto explosivo en alguna de las oficinas secretas de la agencia. No se trataba de un atentado, solo querían hacerse notar, darles un susto como advertencia de que los terroristas los tenían vigilados. Sabían que su tía iba a venir a por usted, así que la estuvieron esperando en el aeropuerto; de nada le sirvió el disfraz. Cuando regresó a Londres la persiguieron día y noche hasta que encontraron la ocasión perfecta para cumplir su objetivo.

—No lo comprendo, si sabían quién era mi tía y son tan poderosos la podrían haber seguido en Londres y no esperar a que viajara hasta África para rescatarme.

—Tendrían sus motivos; la forma de actuar del Círculo Azul a veces escapa de mi entendimiento. Es posible que quién pidió el favor lo dispusiera de esa manera.

—Entonces, fue el Círculo Azul el que provocó la explosión en la Casa verde...

—Así es. Son muy peligrosos, la verdad es que no sé cómo todavía sigo con vida, pienso que será cuestión de suerte. Desde que abandoné la organización cada día pienso que puede ser el último. Pero usted no se preocupe, esta vez la vamos a desmantelar, aunque sea lo último que haga en mi vida. Ahora la tengo que dejar, seguiremos en contacto. Paola, por favor, tenga cuidado con Fadil; asegúrese de que ya está libre de la necesidad de sentir el poder por cada poro de su piel antes de tener una relación seria con él.

—Gracias, inspector. Tendré en cuenta su consejo.

La información que me había facilitado había logrado aclarar la mayoría de las incógnitas que rondaban por mi cabeza, y sobre todo, por fin sabía con certeza que Fadil no era un terrorista. Para celebrar esa buena noticia me dirigí al supermercado y adquirí los productos que más me gustaban con la idea de preparar un suculento almuerzo en compañía de Mati.

Eran las seis de la tarde y mi tía aún no había llegado. Me apetecía tomar el aire y salí a practicar *running* por Hyde Park. Pasados veinte minutos observé a lo lejos el edificio donde vivía Pierre y, aunque había quedado en llamarlo después de hablar con tía Mati, dada su tardanza, decidí visitarlo y darle una sorpresa; estaba deseando verlo.

Al llegar al portal llamé al interfono y, sin preguntar quién era, me abrió. Tomando el ascensor subí hasta la segunda planta; la puerta de su apartamento estaba entreabierta.

—Pierre, ¿puedo pasar? Soy Paola —pregunté empujando un poco la puerta.

Al no contestar nadie, la abrí un poco más. Todo estaba en silencio, pensé que quizá me hubiera equivocado de vivienda.

Encajando la puerta, me dispuse a comprobar el número del apartamento, y después de cerciorar que era el correcto, entré.

—¿Pierre? ¿Estás en casa? —pregunté desde la entrada.

De repente contemplé la figura de un hombre al final del pasillo.

—¡¿Roi?! No puede ser —expresé horrorizada.

—¡Paola, huye! ¡Sal corriendo de aquí! —gritó Pierre desde algún lugar de la casa.

Haciéndole caso, sin esperar a que llegara el ascensor, bajé apresuradamente por la escalera y cuando me encontraba en la primera planta escuché un disparo. Mi corazón se paró, pero guiada por el espíritu de supervivencia seguí corriendo. Nada más salir a la calle me mezclé entre los viandantes. En la acera de enfrente observé un supermercado; cruzando entre los vehículos que circulaban, entré. Temblando me paré en la sección de productos lácteos y tomé mi móvil para llamar a tía Mati, pero aún lo tenía apagado. Acto seguido llamé al agente Brendan Cook.

—Hola, mi amor —escuché decir a Roi a la vez que colocaba una mano sobre mi hombro y tomaba mi teléfono móvil con la otra.

—Roi...Eres la peor de mis pesadillas. ¿Qué haces en Londres? —le pregunté intentando mantener la entereza.

—Te dije que te encontraría, mi amor.

—Escuché un disparo. ¿Has matado a Fadil? —le interrogué temiendo su respuesta.

—Aún está vivo; si quieres verlo harás lo que te ordene. Ahora saldremos de aquí e iremos a su apartamento. Si intentas gritar o escapar te clavaré la navaja. Sabes que lo haré, mi amor, así que pórtate bien.

Agarrándome por la cintura dirigió mis pasos hasta la vivienda. Al entrar en el salón contemplé a Pierre tumbado en el suelo rodeado de una gran mancha de sangre.

—¡Qué le has hecho! ¡Lo has matado! ¡Eres un asesino! —grité angustiada.

—No te preocupes, solo es una herida superficial. Lo necesito vivo para que me vuelvan a admitir en el Círculo Azul. Si me indicas dónde se encuentra el botiquín lo curaré.

—Está en el cuarto de baño. Voy a buscarlo.

—Ya voy yo —dijo saliendo del salón.

—Pierre, ¿me puedes oír? —le susurré—. ¡Despierta! Ahora que nos hemos encontrado no te puedes morir, por favor, ¡aguanta!

—Apártate de él, necesito espacio para colocarle la venda —profirió Roi de malas maneras.

—¿Cómo me has localizado?

—No te buscaba a ti, preciosa... Cuando nos informaron del fallecimiento de Fadil, todos se lo creyeron, excepto yo. A causa de su muerte están investigando a sus contactos más cercanos con la idea de llegar hasta el Círculo Azul. La policía está tras mis pasos y la organización me invitó a abandonar el grupo. Tenía que escapar del país, pero antes quería averiguar si Fadil estaba vivo o muerto. Lo había estado controlando y sabía quiénes eran sus hombres de confianza, así que me presenté en casa de uno de ellos con la intención de sacarle información. Pero por más que lo martiricé me juró que había fallecido. Después de matarlo busqué entre sus cosas y encontré un cuaderno en el que al lado del nombre de Fadil estaba apuntada una dirección en Londres. Y aquí estoy, mi amor; no sabía que también te iba a encontrar a ti, ha sido toda una sorpresa. Por fin voy a poder realizar mi deseo.

—¿Y crees que el Círculo Azul te va a volver a admitir porque les digas que Fadil está vivo? Tú eres un estorbo para la organización.

—No lo voy a comunicar por teléfono; lo llevaré personalmente ante ellos, seguro que lo valorarán y me readmitirán.

—Has logrado escapar de la policía y de la organización. Si fueras inteligente podrías comenzar una vida nueva, como lo intentó Fadil.

—No quiero empezar de nuevo, necesito el poder que me daba el Círculo Azul para seguir viviendo; sin él mi existencia no tiene sentido.

—No lo entiendo...

—Basta de charla, Paola. Ahora tú y yo vamos a consumar nuestro amor —dijo cogiéndome entre sus musculosos brazos.

Al entrar en el dormitorio me tiró con fuerza sobre la cama colocándose encima de mí.

—¡Déjame! ¡Suéltame, bruto! —gritaba a la vez que intentaba quitármelo de encima.

El sonido de un disparo lo dejó por unos segundos inmóvil. Inmediatamente se incorporó y observé a Pierre en la puerta apuntándole con una pistola.

—Del Círculo Azul no se sale con vida, ¿verdad, Fadil? —dijo Roi.

Acto seguido, Pierre le disparó en la frente. Levantándome de un salto me dirigí hacia donde se encontraba.

—¿Estás bien? —le pregunté abrazándole.

—Paola, llama a una ambulancia. Diremos que le disparé en defensa propia...

Pierre se desmayó. Recuperando mi teléfono móvil del bolsillo de la chaqueta de Roi, llamé a emergencias y después contacté con el agente Brendan Cook, quien me pidió que no me moviera del apartamento hasta que él llegara.

Roi falleció a los treinta minutos de llegar al hospital y, Pierre, a las dos horas ya se encontraba fuera de peligro. A las diez de la noche llegó tía Mati al hospital; estaba muy sofocada.

—Desde luego, Paola, no te puedo dejar ni un minuto sola —comentó preocupada—. ¿Cómo te encuentras?

—Aunque todavía me tiembla el cuerpo por lo sucedido, siento una gran tranquilidad interior; Roi está muerto y ya no podrá hacerme daño.

—Tienes que contarme muchas cosas, entre ellas me tienes que hablar del agente Pierre Chastain. ¿Cómo lo conociste?

—Cuando lo conocí se llamaba Fadil, y no he podido comprobar que realmente era un agente del MI6 hasta que el agente Brendan Cook me lo confirmó.

—¿Qué tal si me lo explicas todo mientras cenamos? El agente Pierre Chastain está en buenas manos y te vendrá bien salir un rato de aquí.

—De acuerdo, hay cosas que obvié contarte y no sé bien cómo enfrentarlas ni qué resolución tomar.

—La vida te irá mostrando los pasos que debes de dar, abre bien los ojos y los verás.

La vida no es una línea recta; a veces elegimos un camino equivocado y tardamos tiempo en rectificar. En su afán de alejarse de él y, después de buscarlo entre cien amores, tía Mati le había dado una nueva oportunidad a Peter. Siempre había sido el amor de su vida, pero las circunstancias hicieron que tomara otra dirección, y ahora, a pesar del tiempo transcurrido volvían a reiniciar su relación con ilusión. Ante su insistencia, decidí aceptar la propuesta de trabajar para ella; me había acostumbrado a vivir en situaciones de riesgo y no quería dejar pasar esa nueva oportunidad.

En el terreno personal mi camino había llegado a un punto donde tenía que escoger entre dos direcciones distintas. Una me llevaría hasta Eric; allí encontraría un compañero de viaje dispuesto a ayudarme cada minuto de mi vida y con quién podría alcanzar la estabilidad emocional. La otra me conduciría hasta

Pierre, un destino incierto, donde mi corazón no dejaría de latir a su lado y la pasión desenfrenada haría que no pudiera pensar con inteligencia para dejarme arrastrar por los caprichos del amor.

De la experiencia vivida en África he aprendido que la vida te puede cambiar sin darte cuenta en tan solo un instante; todo el mundo que has construido durante años con esfuerzo a tu alrededor se puede desvanecer, y por ello, hay que vivir y disfrutar cada minuto intensamente. Por esa razón escojo la senda que me lleva hasta Pierre. Es posible que, como me previno el inspector, resulte ser una relación peligrosa, pero no me importa, incluso me provoca. Sé que he cambiado, pero ¿para bien o para mal? Algo que había permanecido oculto en mi interior se había despertado: ahora necesitaba la sensación de riesgo para vivir.

No sé si el camino escogido será el que me conduzca hacia la felicidad que siempre he buscado, pero siguiendo los consejos de mi querida tía Mati, a cada acontecimiento negativo que te traiga la vida hay que buscarle siempre un final feliz, y mi felicidad en estos momentos está en manos de Ojos Verdes, el hombre que me hacía sentir oculta tras su mirada.

NOTA DE LA AUTORA

Todos los personajes y situaciones plasmados en este libro son ficticios, aunque algunos hechos, como el atentado perpetrado en Grand Bassam, son verídicos, coincidiendo con la fecha en la que lo describo.

Algunos medios oficiales advierten que existe la posibilidad de que el dinero recaudado por las estafas románticas vaya a parar a manos de terroristas para emplearlos, entre otros objetivos, en campos de entrenamiento donde adiestran a jóvenes en las formas básicas de combate.

A petición de los lectores que querían más historias sobre Paola y los protagonistas de la novela *Mensajes desde África*, escribí *Oculta tras su mirada* como volumen independiente, pero también puede ser considerada la esperada continuación.

Tenemos que ser cautos a la hora de relacionarnos a través de Internet. No sabemos quién puede permanecer al otro lado de la red.

AGRADECIMIENTOS

Mis más sinceros agradecimientos a las personas que de alguna forma han colaborado en el proceso de creación de esta novela. A Mónica Díaz Cazorla por el diseño de la preciosa portada, y a Sebastián por aceptar posar como modelo para la misma.

A Paloma Germán y a Lola por su precisa labor como lectoras cero.

Agradecer a Pilar la aportación de documentación y fotografías sobre Gran Bassam, y a Alberto por la información facilitada sobre Casablanca.

A los lectores de *Mensajes desde África*, que con sus ánimos me transmitieron la ilusión necesaria para escribir esta nueva novela. Al inspector del Cuerpo Nacional de Policía José María Delgado, y al subinspector Jordi, por su apoyo en las presentaciones realizadas.

En especial, quiero darles las gracias a dos personas muy importantes que en menos de dos meses nos dejaron. A mi padre, por la ilusión con la que leía todos mis libros, y a mi amiga Yolanda, por alentarme con tenacidad a continuar escribiendo en mis momentos bajos. Sus palabras "Sigue, Cris, sigue", han contribuido a que finalice este libro.

Y por último, a ti lector. Muchas gracias.

ÍNDICE

www.ingramcontent.com/pod-product-compliance
Lightning Source LLC
Chambersburg PA
CBHW050547260626
47157CB00002B/472